LES ENFANTS D'ATHÉNA

ÉVELYNE BRISOU-PELLEN

LES ENFANTS D'ATHÉNA

1

Néèra : une nuit épouvantable

Néèra poussa un cri. Quelqu'un frappait au volet, et c'était autant de coups de poignard dans son cœur. Une main se posa violemment sur sa bouche tandis qu'une voix chuchotait à son oreille. Elle ouvrit des yeux affolés. Sa tête était posée sur quelque chose de dur. Il faisait nuit. Au-dessus d'elle, pas de plafond, seulement les étoiles. Et une branche. Un arbre. Elle se trouvait sous un arbre.

La pression sur sa bouche se relâcha. L'arbre était un olivier, elle s'en souvenait maintenant, ils s'étaient endormis dessous. La main était celle de Daméas, son frère aîné. Elle avait dû crier, elle le lisait dans ses yeux angoissés. Elle voulut chuchoter qu'elle était désolée, mais pas un son ne franchit ses lèvres. Par bonheur, elle n'avait pas réveillé son petit frère Stéphanos. Et dire qu'elle l'avait fait coucher près d'elle pour qu'il ne risque pas de pleurer et de dénoncer ainsi leur présence !

Daméas avait détourné son regard pour écouter la nuit. Tout paraissait calme. Néèra se redressa et s'appuya au tronc noueux de l'olivier. Ils avaient marché pendant des heures et ils étaient loin de chez eux à présent, loin de la cité des Athéniens, assez loin – elle l'espérait – pour se trouver en sécurité.

Elle contrôla le tremblement de ses mains en les serrant l'une contre l'autre et, pour tenter de s'excuser, souffla à son frère :

— Tu peux dormir, je prends le tour de garde.

Daméas hésita un instant, puis il s'allongea sans un mot. On n'entendit plus que le murmure du vent qui soulevait les branches.

Alors Néèra se pinça le bras, fort, jusqu'à ce que la douleur soit insupportable. Elle avait crié, elle les avait tous mis en danger. Les larmes lui montèrent aux yeux, peut-être à cause de cette douleur, peut-être à cause de l'autre, plus profonde, celle qui l'avait réveillée dans un cri.

Elle s'obligea à garder les yeux grands ouverts sur la nuit pour empêcher les horribles images de resurgir. Ses paupières étaient les fenêtres de son esprit. Si elle les fermait, ses pensées s'emballaient, tour-

8

naient en rond, agitant le spectre des mauvais souvenirs. Elle ne voulait pas. Pourtant, voilà que les coups sur les volets résonnaient de nouveau dans sa tête.

C'est ainsi que tout avait commencé. Elle les avait entendus parce qu'elle dormait dans le gynécée, l'appartement des femmes, juste au-dessus de la pièce principale de la maison. Ensuite elle avait perçu des bruits, des voix. Intriguée, elle s'était allongée à plat ventre sur le plancher et avait regardé par une fente.

Dans la pièce faiblement éclairée par les lampes à huile, il y avait deux hommes, qu'elle ne connaissait pas. La laine que sa mère était en train de filer gisait sur le sol. Debout au centre de la pièce, son père levait les poings, comme prêt à se défendre ; c'est alors qu'un des étrangers avait pointé un poignard sur sa gorge en lui parlant tout bas. La panique l'avait saisie. Elle voyait encore avec une netteté terrifiante le serpent qui enserrait son biceps, elle entendait la voix mal assurée de son père :

« Non, non, vous vous trompez. »

L'homme :

« Ça m'étonnerait... » (La fin de la phrase lui avait échappé.)

Son père, affolé :

« Ne touchez pas à mes enfants, ils ne savent rien. Ils ne savent rien ! »

Un autre homme fit irruption dans son champ de vision. Celui-là arborait au bras trois serpents identiques. Il était calme. Terriblement calme. C'était sans doute le plus effrayant. Elle ressentait encore dans sa poitrine l'impact de chacun de ses mots :

« Tu te moques de nous, Alexos ! Tu es vieux, tu peux mourir d'un jour à l'autre, et tu ne les aurais pas mis au courant ? Ton fils aîné a déjà treize ans, ta fille onze... Ils ne sauraient rien ? Prends garde, si ta femme et toi ne parlez pas, eux parleront. Et puis il y a le petit. D'accord il n'a que cinq ans, il ne sait probablement rien, cependant il serait amusant de le torturer devant vous, non ? Un spectacle qui vous rendrait plus bavards, peut-être.

— Ne faites pas de mal à mes enfants ! » hurla alors sa mère.

Sa voix était incroyablement aiguë, et Néèra comprit qu'elle criait ainsi pour réveiller ses enfants. Les hommes l'avaient compris aussi, car l'un d'eux coupa :

« Inutile de les alerter, ils ne peuvent pas s'enfuir. Ni par cette porte, ni par celle de l'atelier, vu que j'ai posté deux hommes dans la cour où tu as ton four de potier. C'étaient bien les deux seules issues, n'est-ce pas ? »

Néèra n'arrivait pas à se rappeler comment elle était sortie de la chambre, elle se revoyait seulement dans la galerie qui cernait la cour centrale, en train de nouer maladroitement sa ceinture sur la tunique qu'elle gardait pour dormir, puis devant la porte de ses frères. Daméas avait ouvert. Son visage était bouleversé. Il n'avait pas demandé ce qui se passait, rien, comme s'il le savait déjà. L'instant d'après, il sortait de la chambre en portant dans ses bras Stéphanos qu'il avait bâillonné.

Elle avait descendu l'escalier derrière lui, avec au cœur la certitude abominable qu'on allait les apercevoir par la fenêtre de la grande salle dès qu'ils poseraient le pied dans la cour.

C'est à ce moment qu'elle avait entendu ses parents hurler, proférer des grossièretés qui ne leur ressemblaient pas. Ça avait achevé de la terrifier. À présent, elle comprenait que, les voyant dans l'escalier, ils avaient tenté de distraire l'attention de leurs agresseurs. Daméas ne l'avait pas laissé céder à son premier mouvement, celui de leur porter secours, il l'avait brutalement tirée vers l'atelier en lui répétant d'un ton autoritaire qu'ils devaient s'enfuir. Elle avait alors repris ses esprits et réalisé à temps qu'il projetait de sortir par la petite cour. Il ne fallait pas, il y avait un garde derrière la porte de l'atelier !

Ils avaient regardé autour d'eux avec affolement. Là, derrière les jarres, le trou ! Il avait été ouvert dans le mur par les cambrioleurs qui s'étaient introduits chez eux quelques jours auparavant.

« Dépêche-toi, avait dit Daméas en dégageant les planches qui fermaient provisoirement l'orifice, je te passerai Stéphanos. »

Elle s'était jetée sur le sol, avait rampé à travers le mur de terre et s'était retrouvée dans la rue. Quand elle avait récupéré son petit frère, le pauvre gosse roulait des yeux terrifiés au-dessus de son bâillon. Elle lui avait chuchoté qu'on jouait « au jeu du silence et de la nuit », et qu'on ne devait pas faire de bruit.

Ils avaient longé les maisons comme des ombres, pieds nus, la peur au ventre. Et, après le virage, ils s'étaient mis à courir, à courir, courir...

2

Daméas : l'affreuse vérité

Allongé sur le sol caillouteux, Daméas ne dormait pas. Les images se télescopaient dans sa tête sans qu'il parvienne à les organiser. Il n'en revenait pas d'avoir trouvé assez de sang-froid pour réagir aussi vite, décider, et cela malgré...

Il ne fallait pas qu'il y pense. Il fallait qu'il respire calmement. Ils étaient là tous les trois, sains et saufs, et c'était déjà beaucoup.

Pourtant, il avait beau se le répéter, il n'arrivait pas à se rassurer. Il était seul, désormais, il ne devait pas se leurrer, si brusquement seul que la tête lui tournait. Néèra n'était qu'une fille, Stéphanos un gamin. Qu'allaient-ils devenir ? Si, au moins, il pouvait saisir le sens de ce qui s'était passé !

Dès qu'il avait entendu les cris de sa mère, il avait compris. Compris que le moment était venu. Il s'était rappelé les mots que son père lui rabâchait sans cesse – au point qu'il se demandait s'il ne devenait pas gâteux : « Si quelque chose d'anormal se produit, ne perds pas de temps, emmène Stéphanos et Néèra le plus loin possible, le plus vite possible. »

Ces mots, il les avait entendus chaque jour depuis un mois, et ils étaient gravés pour toujours dans sa mémoire. S'était-il passé quelque chose de particulier le mois précédent, qui avait à ce point inquiété son père ?

Il ne fallait pas qu'il pleure.

« Partez sans vous retourner, cachez-vous quelque part dans la ville jusqu'à ce que je vous fasse signe. Le danger écarté, j'enverrai un esclave à votre recherche. Il jouera à la flûte la chanson de Stéphanos, *Dans la forge du dieu* et, là seulement, vous pourrez vous montrer. »

Pas de flûte. Il n'y aurait finalement pas de flûte parce que... parce que...

Il ne fallait pas qu'il pleure.

Le plus dur serait de garder le secret, car ce qu'il avait entendu avant de plonger dans le trou du mur, il ne pouvait pas le dire à Néèra, et encore moins à Stéphanos.

Il se rappelait ce soudain silence des parents. Et puis cette voix inconnue : « C'est malin, tu les as tués ! À quoi ils vont nous servir, maintenant ? » Une autre avait répliqué : « Tu préférais qu'ils alertent les esclaves ? De toute façon, il nous reste les gamins. Eux parleront. »

Il s'était jeté dans le trou, il avait rampé, et puis il avait couru, il ne savait plus...

Le message de son père comprenait une seconde partie : « Si vous apprenez ma mort, partez vite pour Éleusis, chez Gorgias, le fabriquant de lyres. »

Il avait envie de vomir. Son père n'était pas gâteux, ni victime d'une lubie. Pourquoi ne lui avait-il rien expliqué ? Qui était ce Gorgias ? Pour quelle raison devaient-ils se rendre chez lui ?

Néèra avait eu du mal à se laisser persuader de poursuivre la route. Elle voulait qu'ils fassent demi-tour pour chercher refuge chez une de leurs tantes. D'un côté, il la comprenait. Comment imaginer la gravité de la situation ? Il avait dû lui rapporter les paroles de leur père, en les modifiant un peu parce que le « si vous apprenez ma mort », il ne pouvait pas. Il avait envie qu'elle garde de l'espoir, ça l'aidait à tenir. Tant qu'il ne prononçait pas les mots ter-ribles, il obligeait l'abominable vérité à reculer ; c'était comme si elle n'existait pas.

Il y avait une autre raison à son silence : il se sen-tait incapable de prononcer ces mots sans éclater en sanglots. Or il était un garçon, il avait treize ans et il était l'aîné. Il ne pouvait pas se ridiculiser.

Il sursauta. Stéphanos venait de gémir. Heureusement, Nééra lui chuchota aussitôt quelque chose à l'oreille pour le calmer. Les filles savaient s'y prendre avec les petits ; normal, c'était leur fonction. Malheureusement, elles ne savaient rien d'autre. Comme elles n'étaient pas aussi intelligentes que les garçons, elles ne fréquentaient ni l'école, ni le gymnase, ni les cours de musique, et étaient incapables de se débrouiller seules. Aussi, les hommes en étaient responsables. *Il* en était responsable. Il avait la charge d'une fille et, en plus, d'un mouflet qui n'avait encore jamais quitté le péplos[1] de sa mère ! Qu'allait-il faire ? Pourquoi son père avait-il refusé de lui en dire plus ?

« Tu n'as pas besoin de savoir. Moins on en sait et moins on risque. » Il avait insisté, supplié, boudé, plaisanté... Impossible de lui tirer le moindre mot supplémentaire sur Éleusis, sur ce Gorgias ou sur ce qui pouvait arriver.

Voilà. Maintenant il avait la réponse à sa dernière question. Il pouvait arriver que ses parents se fassent tuer.

Qui étaient ces hommes ? Que voulaient-ils ? Allaient-ils chercher à les poursuivre ? Trois enfants

---

1. Tunique longue.

16

dans la nature, c'était trop difficile à retrouver. Du moins il l'espérait.

Si, au moins, il réussissait à comprendre qui en voulait à leur père ! Alexos était un peintre réputé, on devait le jalouser. Cette histoire affreuse n'avait-elle pas un rapport avec la visite de Phidias, qui datait d'un mois, justement ?

Phidias était l'architecte responsable de la construction du Parthénon, un temple qu'on érigeait sur l'Acropole, et il était venu chez eux pour confier à leur père la peinture des fresques. Y avait-il dans ces fresques un secret qu'on voulait lui arracher ?

Il était en plein cauchemar, il allait se réveiller. Il fallait qu'il respire calmement. « Fais ce que tu dois, quoi qu'il t'en coûte », disait son père.

Son père... Il revoyait son visage serein sous le bandeau qui tenait ses cheveux, le clin d'œil qu'il lui adressait pour lui signifier que, les esclaves et les ouvriers étant partis, l'atelier était à eux. Car il ne touchait jamais à un pinceau en leur présence. En tant que maître, il ne pouvait se le permettre sans perdre sa dignité. Son travail se limitait à imaginer les modèles avant d'en confier la réalisation à ses peintres. Seulement, la peinture était sa passion et, souvent, il y succombait en disant : « Si je confie ça à un esclave, il va me gâcher le travail. »

Daméas n'était pas dupe de son excuse, et il le

comprenait très bien. Au fond, il était exactement comme lui. Il se rappelait avec quel plaisir il écoutait ses explications sur la manière d'exécuter un motif sur les vases précieux, d'accorder sa couleur à celle de l'argile, de rendre un drapé sur une surface bombée, le mouvement du forgeron frappant sur son enclume, la gaieté d'un enfant jouant avec des osselets. Son père adorait représenter la vie de tous les jours, il mettait souvent en scène sa famille, ses enfants, sa femme...

Non, Daméas ne voulait pas penser à sa mère, il serait capable d'éclater en sanglots. Son père avait passé la soixantaine, il avait vécu une belle et longue vie. Sa mère, elle, venait à peine de fêter ses vingt-huit ans, elle ne pouvait pas partir comme ça ! Pas comme ça. Non ! Maman !

3

Stéphanos : les gâteaux au miel

Je m'appelle Stéphanos. Stéphanos, fils d'Alexos, du dème[1] de Céramique. C'est ce qu'il faut que je dise si je me perds dans la rue. Il fait nuit, terriblement nuit. J'ai peur, et j'ai mal aussi. Peur à cause de la nuit, et mal à cause de mes pieds qui sont tout écorchés. Je n'ai même pas de chaussures. Quand Daméas m'a arraché de mon lit, il ne m'a rien expliqué. Pas un mot. Comme si j'étais un paquet. Il m'a plaqué un tissu sur la bouche, tellement serré que je ne pouvais plus remuer les lèvres. Alors, je me suis dit que c'était sûrement une épreuve pour devenir

---

1. Quartier ou commune.

un homme. Parce que je serai bientôt un homme, j'ai déjà cinq ans. Et puis Néèra m'a raconté qu'il s'agissait d'un jeu.

Un jeu pas très amusant, alors.

Daméas m'a porté comme un bébé jusqu'au carrefour et il m'a posé par terre en plein dans une mare de pipi que quelqu'un venait de jeter par la fenêtre. Là, il m'a enlevé mon bâillon en me donnant des explications auxquelles je n'ai rien compris, mais qui se résumaient en une phrase : je n'avais pas intérêt à la ramener.

Après, on a couru. La rue était si sombre qu'on a renversé un brasero oublié là. Les pauvres cuisinent dans la rue, maman dit qu'ils n'ont pas assez de place pour ça dans leur maison. Moi, j'aurais bien aimé être pauvre, parce que manger dans la rue, c'est plus amusant. Malheureusement, notre maison à nous est très grande.

On a encore couru, couru... Je n'en pouvais plus et j'avais peur qu'on finisse par se perdre. Je voulais revenir à la maison, seulement je n'osais pas l'avouer, sinon on m'aurait encore traité de bébé. Alors j'ai dit que j'avais faim et que je voulais des gâteaux au miel. (Il y en avait à la maison, j'espérais que ça les ferait rentrer.) Néèra m'a aussitôt mis la main sur la bouche en m'annonçant que la récompense du jeu, c'était justement des gâteaux au miel, mais elle n'a pas fait mine de revenir sur ses pas.

Je n'ai plus prononcé un mot, même quand un rat qui fouillait dans les ordures du caniveau m'est passé entre les pieds. Pourtant je déteste les rats.

Finalement on est arrivés au cimetière. Le cimetière, je le connais bien, il y a des vases blancs de notre atelier sur presque tous les tombeaux, et je vais souvent avec papa leur rendre visite. Sauf que ça, c'est dans la journée. La nuit, le cimetière n'est plus du tout pareil. Il fiche la trouille. Les statues ont l'air vivantes, et on dirait qu'elles vont se jeter sur nous. Je me suis agrippé à la tunique de Daméas, et il ne m'a pas repoussé. J'ai l'impression qu'il avait peur aussi. Si c'est un jeu, c'est un drôle de jeu.

D'ailleurs, je me rappelle qu'au moment où on a quitté la maison, papa et maman criaient très fort. Est-ce qu'ils se disputaient ? C'est pour ça que Daméas et Néèra sont partis ? Personne ne veut rien m'expliquer, même Néèra. Pourtant, d'habitude, elle est plutôt gentille avec moi.

Pas comme Daméas.

Je suis fier de dire à mes copains que j'ai un grand frère, qu'il est le plus fort de tous et que, s'ils m'embêtent, il les prendra par les pieds et les secouera jusqu'à ce que leurs dents tombent. Mais, en vrai, Daméas ne s'occupe jamais de moi et se moque pas mal de mes copains. Il refuse de jouer avec moi et il me dit que, si je ne suis pas content, je n'ai qu'à aller *chialer dans le péplos de ma mère.* Ça me met en colère. Je suis grand et il ne s'en aperçoit pas ! Quelquefois, j'en pleure de tristesse et de rage. Pour me consoler, maman me chante ma chanson : « *Dans la forge du dieu qui a craché le feu... »*

Je la chante dans ma tête, parce que, finalement, j'ai envie de pleurer. Pas de rage ni de tristesse : de peur. Il y a des choses qui bougent partout.

« *Dans la forge du dieu... »*

J'ouvre les yeux. Il y a du rose dans le ciel. Je me lève vite, affolé à l'idée que Daméas et Nééra m'aient oublié là. Mais ils sont assis un peu plus loin, l'un près de l'autre, avec leurs cheveux blonds qui leur coulent dans le dos. Exactement le même blond. C'est la première fois que je le remarque. Normal : Daméas et Nééra, je ne les vois jamais ensemble. Les filles et les garçons, ça ne se mélange pas. Sauf aujourd'hui. On voit bien que plus rien n'est pareil.

Mes cheveux à moi, ils ne sont pas comme les leurs. Ils sont normaux. Noirs et frisés.

D'ici on voit la mer. C'est elle que Daméas et Nééra regardent. Ils se parlent à voix basse ; ça aussi, c'est bizarre. Je me sens tout drôle. Je touche vite mon collier d'amulettes pour qu'il me protège. C'est celui que je porte depuis ma naissance. Il est fait de cinq petites plaques de terre cuite qui représentent toutes Arès, le dieu de la guerre. Après, je cherche la ceinture de ma tunique et je m'aperçois que je ne l'ai pas. Évidemment, on est partis sans rien prendre. Du coup, je me sens encore tout perdu.

« Qu'est-ce qu'on pourrait savoir, et qui les intéresserait ? demande Néèra.

— C'est peut-être en rapport avec les fresques du Parthénon, répond Daméas.

— Tu sais quelque chose sur les fresques ? »

Daméas soupire que non, qu'il ne voit pas quoi.

« Peut-être le genre de peinture que papa comptait utiliser, reprend Néèra. Les peintures, c'est secret.

— Je ne sais rien », répète Daméas.

Il a l'air agacé. Ça ne décourage pas Néèra. Elle insiste :

« Pourtant, si papa a pris soin de te préciser comment agir, c'est qu'il se doutait qu'il arriverait quelque chose ! »

Je m'approche et je demande :

« Qu'est-ce qu'il a *précisé,* papa ? Que s'il se disputait avec maman, il faudrait faire le jeu des gâteaux au miel ?

— C'est ça, oui », dit Daméas en ricanant.

23

Celui-là, je vais lui... Mais Néèra me prend l'épaule et montre la mer.

« Regarde, là-bas, c'est l'île de Salamine. Et ici, en bas, Éleusis. C'est là que nous allons. Tu vois le grand temple de Déméter ? »

Je connais la déesse Déméter, c'est elle qui fait pousser l'orge pour fabriquer les mazas[1]. Je suis drôlement soulagé que le jeu se finisse dans si peu de temps. Au moment où je veux demander si c'est au temple qu'on distribue les récompenses, parce que je commence à avoir faim, Daméas coupe :

« Qu'est-ce qu'on pourrait bien savoir d'important ? »

Il a l'air soucieux. Puis, d'un coup, il change de ton et se tourne vers moi :

« Tu sais quelque chose, toi ? »

Ça me fait sursauter. On dirait presque qu'il me gronde. Il faut que je montre que, même si je ne vais pas encore à l'école, je ne suis pas un ignorant. Le soleil qui est en train de sortir de la terre me donne une idée :

« Je sais que le dieu soleil s'appelle Hélios, qu'il est le frère de l'aurore et de la lune, et qu'il conduit chaque jour son char de feu vers la mer pour abreuver ses quatre chevaux. »

------

1. Galettes d'orge grillé.

Néèra me félicite, mais Daméas grimace. Il a l'air de se moquer de moi, je lui arracherais bien les cheveux. Seulement, d'un coup, on entend du bruit. Des voix. Daméas et Néèra ont l'air effrayés. On s'aplatit tous sur le sol.

4

Une funèbre journée

Un long moment ils restèrent muets, retenant leur souffle, jusqu'à ce qu'ils aperçoivent les gens qui débouchaient sur la route. C'étaient des hommes et des femmes, et qui portaient des rameaux.

« La grande fête d'Éleusis ! souffla Daméas avec soulagement. On l'avait complètement oubliée ! »

Sans bouger, ils suivirent des yeux l'immense cortège qui s'écoulait maintenant vers la ville sacrée en chantant et en dansant au son des aulos[1] et des tambourins. Le bruit devint assourdissant.

« Les dieux sont avec nous ! dit Néèra. Fondons-

---

1. Sorte de flûte double.

nous dans la foule, et personne ne nous remarquera. »

Perdus au milieu des pèlerins, ils se laissèrent porter par le mouvement qui les emmenait vers le sanctuaire. Ils ne s'arrêtèrent que sur la place, près du puits où s'était assise un jour Déméter, et se risquèrent enfin à se détacher de la foule pour se renseigner auprès d'un marchand de couronnes de fleurs.

« Gorgias ? leur répondit celui-ci. Première rue à droite, vous reconnaîtrez tout de suite. »

Ils n'osèrent pas demander à quoi on *reconnaissait* la maison.

La rue était étroite et tortueuse, semblable à toutes les autres. Toutefois, on apercevait au niveau de la quatrième maison un gros vase trônant près d'une porte ouverte. Une vague appréhension les saisit et ils ralentirent le pas.

Beaucoup de gens entraient et sortaient de cette maison, et ceux qui sortaient s'aspergeaient avec l'eau du vase. Lorsqu'on s'aspergeait de cette façon, c'était pour se purifier. La présence du vase indiquait donc bien qu'il y avait là un mort. Néèra saisit Stéphanos par la main. De l'intérieur de l'habitation venaient des cris et des sanglots, certainement ceux des pleureuses qu'on payait pour montrer le chagrin causé par le décès.

Ils durent rassembler leur courage pour pénétrer dans le vestibule.

Le défunt, dont ils ne virent d'abord que les pieds tournés vers la porte, était couché sur un lit de fleurs. Des femmes l'entouraient, chassant les mouches avec un éventail et se frappant la poitrine pour manifester leur désespoir. Debout à la tête du lit, se tenait une dame vêtue de noir, les cheveux coupés en signe de deuil. Visiblement une proche parente du mort. Sa fille, peut-être, ou sa femme. L'homme étendu là – couronne de cheveux blancs et rides profondes – était vieux. La mort d'un vieillard restait dans l'ordre des choses.

C'est alors que Daméas et Néèra remarquèrent le regard de la femme, qui les fixait d'un air stupéfait. Elle s'approcha d'eux et, à leur grande surprise, déclara précipitamment :

« Vous avez sans doute faim. Suivez-moi, je vais vous donner à manger.

— Des gâteaux au miel, précisa Stéphanos.

— Eh bien..., fit la dame interloquée. Pourquoi pas ? Viens avec moi. »

Et elle l'entraîna vers la cuisine.

Elle le confia à une esclave, ressortit très vite et emmena les deux aînés dans la cour où était préparé le banquet funèbre. À peine eut-elle refermé la porte du vestibule qu'elle chuchota :

« Il vaut mieux tenir votre petit frère à l'écart.

Vous êtes les enfants d'Alexos, du dème du Céramique, n'est-ce pas ? »

Daméas et Néèra se regardèrent, un peu effrayés.

« N'ayez pas peur, les rassura la femme, je ne vous veux aucun mal. Seulement, Gorgias est mort, vous l'avez vu, alors je ne sais que faire pour vous. Je vous crois en grand danger, il vaut mieux que vous partiez.

— Gorgias est mort ? bredouilla Daméas. Mais... Mais qu'allons-nous faire ? Nous ne comprenons rien à ce qui se passe, et même pas pourquoi notre père nous a envoyés ici.

— Je n'en sais, hélas, pas plus que vous, observa la dame. Tout ce que je peux vous dire, c'est qu'une nuit, voilà un mois environ, mon époux a ramené à la maison des compagnons de beuverie rencontrés au hasard des rues. Il en avait la fâcheuse habitude, et je n'y ai pas prêté attention. Le lendemain, je l'ai trouvé très ennuyé. Comme il était dégrisé et que ses amis d'un moment avaient disparu, il m'a avoué qu'il "leur en avait un peu trop dit". À quel propos ? Je ne l'ai pas su. En tout cas, après ça, il a envoyé d'urgence un messager chez Alexos, au Céramique. Je me rappelle qu'il a commenté : "Le pire, c'est qu'Alexos a des enfants." Ne me demandez pas ce qu'il voulait dire, je l'ignore. Cependant, il m'a fait jurer que, si je vous voyais arriver, je vous mettrais vite à l'abri et je le préviendrais. Il avait même préparé des cadeaux pour vous. Hélas, il est mort. (Elle baissa la tête en signe de respect pour celui qui était parti.) Je pense qu'il vaut mieux que vous quittiez cette maison. De jour, c'est peut-être dangereux… (Elle réfléchit.) Cette nuit, nous conduirons mon malheureux époux au cimetière, vous pourriez vous glisser dans le cortège funèbre et profiter de la première occasion pour disparaître. »

Atterrés, Daméas et Nééra fixaient la femme en noir sans rien dire. Enfin Daméas réussit à articuler :

« À quoi ressemblaient ces hommes ?

— Je l'ignore. Je n'ai évidemment pas quitté le gynécée.

— Mais pourquoi en voudrait-on à notre père ? interrogea Nééra avec un peu d'affolement. Et quel rapport cela avait-il avec votre mari ?

— Ils s'étaient connus autrefois, c'est tout ce que je sais, répondit la femme en baissant la voix. Attendez… Il n'y a pas qu'à votre père, que Gorgias a envoyé un message. Il en a fait partir un autre pour un nommé Samion, du *diolcos* de Corinthe. »

Le *diolcos,* ni Daméas ni Nééra n'en avait entendu parler. Il s'agissait probablement d'un temple.

« Gorgias avait prévu que votre père vous enverrait ici s'il se sentait en danger, reprit la femme, il n'avait pas prévu que lui n'y serait plus. Maintenant... (Elle soupira.) Allez voir ce Samion, il sait certainement quelque chose. »

Apparemment frappée par une pensée subite, elle s'inquiéta :

« Votre père est-il toujours vivant ?

— Nous l'espérons », répondit Néèra avec un peu d'effroi, frappée que cette femme, sans même savoir qu'il avait été attaqué, imagine qu'il ait pu mourir.

Daméas ne dit pas un mot. Il ravala sa salive avec difficulté.

Stéphanos regardait fixement le mur du gynécée où le soleil, en baissant sur l'horizon, projetait des ombres mouvantes.

« Ce n'est pas un jeu, hein ? demanda-t-il d'un ton presque affirmatif. C'est une épreuve pour devenir un homme.

— Exactement, répondit Daméas. C'est pour ça que nous devons partir de nuit, pour prouver notre courage.

— Mais Néèra n'est pas un homme !

— On emmène toujours une femme, pour... pour faire la cuisine. Nous devons montrer que nous sommes capables de protéger les femmes, que nous sommes forts et dignes, comme de vrais citoyens d'Athènes. »

Sans faire de commentaires, Néèra saisit sa lyre et

caressa un instant la magnifique carapace de tortue qui constituait sa caisse de résonance. C'était le cadeau que Gorgias lui avait préparé. Pour Daméas, il avait prévu un pinceau et, pour Stéphanos, un bateau miniature. Des choix stupéfiants, car ils supposaient que Gorgias connaissait leur père assez intimement pour être au courant des goûts et des personnalités de ses enfants. Comment était-ce possible sans qu'eux n'en sachent rien ?

Elle pinça doucement les cordes en cherchant ce qui pouvait le mieux animer leur courage, et choisit l'histoire d'Héraclès, leur grand héros, capable d'accomplir d'incroyables exploits. Elle raconta à voix basse comment, alors qu'il était encore au berceau, il avait étouffé les deux serpents glissés dans son berceau. Comment, plus tard, il avait tué l'hydre de Lerne – un terrible monstre dont les nombreuses têtes repoussaient à mesure qu'on les coupait – capturé l'effroyable sanglier qui vivait sur le mont Érymanthe, détourné le cours de deux fleuves pour nettoyer les écuries infectes du roi Augias...

À la fin du récit, ils se sentaient tous mieux, déterminés à prendre leur vie en main. Stéphanos déclara même solennellement qu'il deviendrait, lui aussi, très grand et très fort.

Avant l'aube, les trois enfants d'Alexos s'enroulèrent dans des manteaux et descendirent se mêler à la foule qui, assemblée devant la maison, attendait le départ du cortège. Comme le voulait la coutume, on irait au cimetière de nuit pour dissimuler le défunt aux yeux du soleil.

À la lueur des torches, la femme de Gorgias sortit la première, portant dignement sur la tête le vase à libations qui contenait le vin de l'offrande, et suivie par les joueurs d'aulos. Au moment où ceux-ci embouchaient leur instrument, Néèra tira vivement Daméas par son manteau et, sans émettre un son, lui désigna du regard l'homme qui passait maintenant la porte, précédant le lit mortuaire. Il tenait une lance pointée en avant. Cela signifiait que le défunt avait été victime d'un meurtre, et qu'on jurait de le venger.

Ils en furent atterrés. Gorgias avait été assassiné. Assassiné !

5

Un mot de trop

Daméas avait toujours pensé qu'il avait de la chance d'être l'aîné. Aujourd'hui, il en mesurait les désavantages : c'était trop de responsabilités. Depuis qu'ils avaient quitté discrètement le cimetière d'Éleusis en se faufilant entre les tombes, il avait un mal affreux à respirer. Une douleur rampante montait dans sa poitrine. Il répéta :

« Ils ne peuvent pas nous retrouver ! Ils ne peuvent pas ! »

Il le disait surtout pour s'en persuader lui-même, mais il espérait que ça rassurerait Néèra. Les filles étaient très peureuses et il ne voulait pas qu'elle s'effondre. La situation était déjà bien assez pénible comme ça.

Néèra ne répondit pas. Peut-être n'avait-elle pas entendu. Peut-être n'avait-elle pas d'avis sur la question. Évidemment, un homme n'avait pas à s'intéresser à l'avis d'une fille, mais il se sentait si seul...

Il reprit en chuchotant :

« Je ne comprends pas pourquoi la femme de Gorgias ne nous a pas avertis qu'il avait été assassiné.

— Elle croyait probablement qu'on le savait. C'est pour ça qu'elle a pensé que papa avait pu mourir aussi, tué par les mêmes hommes. »

Il fut surpris que Néèra ait déjà réfléchi à ce qui s'était passé chez Gorgias. Ça signifiait que, bien que les filles soient moins intelligentes que les garçons, elles avaient malgré tout un certain sens de la déduction.

« On ne peut pas retourner à la maison, poursuivit-elle, sinon ces assassins sont capables de nous torturer pour obliger papa à parler. (Elle ferma les yeux.) Ô bonne déesse Athéna, fille de Zeus, protectrice de notre cité, veillez sur nous, ne permettez pas qu'il arrive malheur à nos parents et ramenez-nous vers eux le plus vite possible. »

Daméas se sentit mal, très mal. La déesse Athéna ne pouvait plus rien pour leurs parents, et il lui était impossible de l'avouer à sa sœur. Sans doute les a-t-on déjà portés en terre.

En terre ! Son cœur se glaça, puis une soudaine bouffée de chaleur l'envahit. Il était l'aîné des garçons, c'était à lui de veiller aux obsèques de ses parents, d'accomplir les rites pour qu'ils puissent partir sereinement vers l'autre monde !

Au bord de la panique, il s'arrêta. Il fallait qu'ils rentrent à Athènes, immédiatement.

Il fut désarçonné par la voix étranglée de son petit frère qui se mit à chanter à voix basse :

> *Dans la forge du dieu*
> *Qui a craché le feu,*
> *J'ai jeté trois cailloux,*
> *Voyez-vous.*

Ça lui remit les pieds sur terre. Ils ne pouvaient pas rentrer. Ils ne POUVAIENT PAS. Il n'était pas seul, il était responsable des deux autres et il avait promis à son père !

Stéphanos continuait la ritournelle qui scandait sa marche. Il chantait ! Il ne se rendait aucun compte de la situation dans laquelle ils étaient, il prenait ça pour un jeu ! Daméas, lui, avait l'impression terrifiante que la mort les suivait, et que, s'ils s'arrêtaient, elle les rattraperait.

Aller à Corinthe. Ils n'avaient pas d'autre choix.

Qu'y feraient-ils ? Qui était ce Samion ? Connaissait-il réellement leur père ?

Je continue à chanter, toujours et toujours, pour que Daméas ne s'aperçoive pas que j'ai peur. Je ne connais pas ce pays où il n'y a aucune maison, que des arbres et des cailloux. Quand je serai grand, je n'aurai plus jamais peur, je serai comme Héraclès. Seulement ça a l'air dur, et je me demande si Héraclès pleurait quelquefois, quand sa maman n'était pas là.

Néèra a déchiré le bas de mon manteau pour m'envelopper les pieds, mais j'ai quand même très mal. Quand j'ai essayé de le dire, Daméas m'a envoyé balader en me montrant que les siens n'étaient pas protégés, qu'ils étaient également écorchés, et qu'il ne pleurnichait pas pour autant. Je ne peux pas faire remarquer que Néèra a emballé les siens, parce que, les filles, ce n'est pas pareil. C'est fragile et délicat. Pas comme nous.

Là-bas, il y a un âne gris, avec des jarres attachées sur le dos dans tous les sens. Près de lui, un homme mal habillé, qui porte sur l'épaule un bâton avec un grand panier à chaque bout. Daméas a l'air soulagé. Il dit que c'est juste un paysan qui revient du marché et lève la main droite pour le saluer.

Je fais pareil, mais le paysan ne me regarde même pas. Il se remet à jurer contre son âne qui ne veut pas traverser la petite rivière. Les ânes, ça a souvent de drôles d'idées. Moi, je crois que celui-là a peur de l'eau. Il ne se rend pas compte que ce n'est pas profond.

Le paysan le frappe très dur sur les fesses pour qu'il avance et ça me crispe parce que, l'âne, il a déjà des blessures, et qu'il saigne.

Néèra s'accroupit au bord de l'eau et y plonge ses mains en disant une prière pour que les nymphes de la rivière nous laissent passer et nous protègent.

L'âne ne sait pas les prières, c'est peut-être pour ça qu'il a peur de passer. Alors je le prends par la longe, je lui tapote l'encolure pour lui montrer que je suis son ami, et je pose ma tête entre ses naseaux. Comme ça, il sent mon odeur et on fait connaissance. Et je lui dis :

« Suis-moi. Tu vas voir, c'est pas dangereux du tout. »

Et j'avance dans l'eau.

L'âne vient avec moi. Il voit bien que je suis plus petit que lui et que, pourtant, je n'ai pas peur.

« Ah ben ça ! dit le paysan, il a eu raison de c'te vieille carne, le gamin ! »

Daméas répond que j'ai un don avec les animaux, et je me sens tout fier.

« Vous n'êtes pas d'ici », ajoute le paysan.

Son haleine pue le thym à plein nez, comme ceux qui viennent vendre leurs légumes sur l'Agora, près de chez nous, et qui boivent du kykéon[1] à longueur de journée.

« Je suis Daméas, fils de Soclès, du dème de Marathon. »

Ce n'est pas ça ! Si on dit des choses fausses, personne ne pourra nous aider à retrouver notre maison ! Je rectifie tout de suite :

« C'est pas vrai ! On est les enfants d'Alexos, du dème du Céramique. »

Il y a un silence, et puis Néèra se met à rire en disant que j'aime m'inventer des noms.

Ça c'est un peu fort ! Ils vont encore me faire passer pour un petit qui ne sait rien ! Et le pire, c'est que Daméas ajoute :

« C'est parce qu'on ne connaît pas ses parents. C'est un enfant exposé qu'on a recueilli, alors il s'invente des noms. »

Je ne suis pas idiot, je sais bien ce qu'est un exposé : ça voudrait dire que mes parents n'auraient pas voulu de moi et m'auraient abandonné à ma naissance dans une grande marmite de terre, pour que quelqu'un me prenne s'il me voulait. Je crie :

« C'est pas vrai ! C'est pas vrai ! » en envoyant des coups de pied à Daméas.

Il m'allonge une claque, et je me retrouve par terre. Alors je me mets à hurler pour qu'on croie que

---

1. Mélange d'orge et d'eau, aromatisé à la menthe ou au thym.

je me suis fait très mal en tombant. Nééra me relève en me parlant à l'oreille. Je suis obligée de moins crier pour entendre. Elle dit que Daméas a raconté des blagues pour tromper le paysan, parce que personne ne doit savoir qui on est. Je suis quand même en colère. Daméas m'a frappé et, en plus, devant un étranger ! Alors Nééra chuchote que je risque de réveiller le sphinx qui habite près d'ici et que, si je me tais tout de suite, elle me racontera ce soir l'histoire d'un jeune homme nommé Œdipe, et qui a bien failli être dévoré par ce monstre affreux. Ce sphinx tue tous les gens qui ne trouvent pas la réponse à sa question, et Œdipe a été sauvé parce qu'il a résolu l'énigme.

Si Nééra est fâchée, elle ne me dira pas ce qu'il faut répondre au sphinx s'il arrive. Mes sanglots se bloquent dans ma gorge. Je regarde vite autour de moi, et je vois que Daméas et Nééra sont déjà en train de s'éloigner avec le paysan. Je me mets à courir derrière eux. Si je reste planté là, sûr qu'ils me laisseront dévorer par le monstre sans faire un geste.

Au milieu des oliviers, il y a une maison très vieille et qui n'a même pas de porte. Devant, une dame pile du grain dans un mortier. Le paysan décharge ses jarres et, aussitôt, il attache l'âne à une meule à grain pour qu'il la fasse tourner. Pourtant, l'âne a déjà l'air très fatigué.

Le paysan va nous donner à manger et nous loger ce soir. En échange, demain, on l'aidera à cueillir ses olives. Il dit que les vertes sont prêtes, et qu'il manque de bras, d'autant plus que son fils doit partir à l'aube pour changer les moutons de pâture. Il ajoute que Daméas et moi, on grimpera dans les arbres pour cueillir les olives, pendant que Néèra abattra celles du bas avec un roseau.

Pourquoi est-ce qu'on devrait ramasser les olives ? C'est les esclaves ou les ouvriers, qui font ça, pas nous !

Daméas me souffle que si je prononce une seule parole, il me jette au sphinx. Alors je ne dis rien, mais en boudant pour bien montrer que je suis furieux et que j'en ai assez qu'on me commande.

Le bouillon que le paysan nous donne à manger sent le pourri, et le lit est juste un tas de paille dans la bergerie. Je ne sais pas si la bergerie, c'est mieux que dehors. Les moutons ne sont pas rentrés parce qu'on n'est pas en hiver, mais ça sent horriblement le crottin et les olives fermentées.

Dans la nuit, je suis réveillé par quelque chose de doux qui frôle ma main. Je crois d'abord que c'est notre belette, et puis je me rappelle que je ne suis pas à la maison. D'ailleurs, notre belette a le poil beaucoup plus doux que ça et, en plus, celle-ci ne cherche pas à se blottir contre moi, elle bondit plus loin, et j'entends un couinement. Elle a dû attraper une souris. Notre belette aussi est très forte pour attraper les souris....

Je voudrais être à la maison. Je veux ma maman. C'est ma maman ! Ma vraie maman ! Je ne suis pas un exposé !

Je résiste, je résiste, mais je sens que je vais éclater en sanglots. Alors je me lève vite et je sors de la bergerie, pour ne pas que les autres m'entendent.

Il y a encore de la lumière dans la maison du paysan. Une toute petite lumière, qui clignote.

6

Une langue fourchue

Le paysan remit les deux coqs dans leur cage. Il les avait élevés avec soin, nourris des meilleurs grains et ils étaient fin prêts. Il leur préparerait une bonne ration d'ail qui leur donnerait un coup de fouet et, si ses champions gagnaient des combats, il arriverait à payer son loyer. Sinon, ça risquait de mal se terminer. Ce maudit propriétaire lui avait déjà enlevé ses portes, il était bien capable de lui retirer les tuiles du toit ou de lui boucher son puits si son loyer tardait encore. Toutefois, voilà que la chance lui souriait d'une autre manière avec ces gamins.

« Des gosses seuls sur la route, fit-il remarquer à sa femme, ça te paraît naturel ? M'étonnerait pas que ce soient des esclaves en fuite. Même pas d'accord entre eux sur leur nom.

— Ils ont les cheveux trop longs pour être esclaves.

— Tu as vu leur couleur ? Des blonds, tu trouves qu'on en voit beaucoup par chez nous ?

— Ça ne veut pas dire qu'ils sont esclaves. Leurs ancêtres sont peut-être venus des pays du Nord.

— En attendant, ils ne sont pas d'ici et je me doute d'où ils viennent. Tu as entendu leur accent ? Des petits prétentieux d'Athéniens, qui se prennent pour Zeus soi-même. Qu'ils ne soient pas esclaves, je m'en moque, ils vont le devenir en un rien de temps.

— Tu sais ce que ça pourrait nous coûter de capturer des Athéniens ? s'effraya la femme. Attends plutôt. Si les coqs gagnent leurs combats, on aura les moyens d'acheter un esclave, ou au moins d'en louer un le temps des récoltes.

— Ne te mêle pas de ça. De toute façon, je ne suis pas assez bête pour vouloir les garder ici. Je pensais au bateau phénicien qui est ancré dans le port. Je connais bien le capitaine. Pas regardant sur la provenance des marchandises. Demain matin, tu leur mets quelques bonnes petites plantes dans leur soupe et, sitôt qu'ils sombrent dans le sommeil, je leur rase la tête et je m'en vais les lui vendre. Les deux aînés, je te parie que j'en tire un bon prix. Avec le bénéfice, je m'achète deux esclaves de Thrace. C'est plus sûr que les coqs. »

Quand le paysan sortit à l'aube sur le pas de sa porte, la première chose qu'il vit fut un aigle. Un aigle venant de la gauche. Il eut un frisson. Mauvais présage ! Il pensa un moment avertir son fils de ne pas emmener les moutons dans les collines, mais les bêtes n'avaient plus rien à manger. Aussi, il se contenta de cracher par terre pour conjurer le sort, cueillit une branche de laurier et la glissa entre ses dents. Après quoi, rassuré, il chargea l'âne de son bât et de deux paniers. Puisqu'il descendait au port, autant essayer de vendre des olives là-bas, ça ne ferait que plus de bénéfice.

Il finissait de fixer les paniers lorsqu'il aperçut des silhouettes qui grimpaient la colline. Des inconnus. Il plissa le front. La dernière fois que des étrangers étaient passés ici, ils lui avaient chapardé deux poules, un canard et six brebis. Il rentra vite dans la maison.

« File, dit-il à son fils qui avalait sa dernière bouchée de pain trempé de vin, il faut emmener les moutons par-derrière pour qu'on ne les voie pas. Prends l'âne, ils te suivront plus facilement. »

Le garçon disparut par la porte du fond et le paysan ressortit dans la cour. Il était temps. Les deux cavaliers qui s'approchaient ne lui inspiraient aucune confiance, et il se méfiait des chevaux comme de la peste. Il s'était déjà fait mordre deux fois par ces sales bestiaux. Il vérifia que ceux-là étaient bien muselés avant d'esquisser un signe de bienvenue. Les cavaliers portaient un vêtement de peau d'ours qui en disait long sur leur force et leur audace. Il fallait les retenir le plus longtemps possible.

Les yeux fixés sur le bracelet en forme de serpent qui soulignait leur biceps, il entreprit de commenter le courage des voyageurs qui étaient debout si tôt, le ciel qui s'assombrissait du côté de la montagne où Zeus était en train d'amasser les nuages pour leur préparer la pluie, il leur parla de ses oliviers et de sa vigne dont il se proposait de leur faire goûter le vin.

Les hommes refusèrent, ils voulaient juste un renseignement. Ils cherchaient trois enfants. Une fille et deux garçons, qui se faisaient sans doute passer pour des Athéniens, fils d'un certain Alexos.

Alexos !

Le paysan dissimula de son mieux sa première réaction et demanda (en chuintant, car il ne devait pas ôter la branche de laurier de sa bouche avant le soir) :

« Et qu'est-ce que vous leur voulez ?

— Ils ne sont ni Athéniens, ni fils d'Alexos. Ce sont des esclaves qui se sont enfuis de chez nous. »

Le paysan serra plus fort sa branche de laurier entre ses dents. Sale affaire ! Il aurait mieux fait de partir avant l'aube pour le port. D'autant que ces drôles n'avaient pas l'air commode.

« Tu sais quelque chose ? grogna l'un d'eux d'un ton mauvais.

— Ma foi... »

Le paysan réfléchit à la manière de tirer le meilleur parti de cette affaire.

« Qu'est-ce que vous me donnez pour que je vous le dise ? tenta-t-il.

— Ça ! aboya l'homme en sautant à terre pour lui mettre son couteau sous la gorge. Au village, en bas, on les a vus monter par ici. Alors, tu parles maintenant, ou bien tu ne parleras plus jamais. »

Et sans qu'il puisse rien y faire, l'homme au serpent lui arracha la branche de laurier de la bouche. C'était trop. Deux funestes présages avant même le lever du soleil, c'était trop.

« Ils sont là, souffla-t-il sans bouger la tête de peur que la lame ne s'enfonce dans sa chair.

— Où ? »

Le paysan détecta la silhouette de son fils qui s'éloignait avec l'âne, et répondit d'un ton traînant.

« Dans la bergerie. »

Au lieu de relâcher son étreinte, ce maudit étranger appuya plus fort la lame, au risque de lui perforer la gorge. Alors, il se mit à marcher vers la bergerie, mais le plus lentement possible, pour laisser à son fils le temps de disparaître.

« Où ? Où sont-ils ? se mit à hurler son tortionnaire.

— Je... Ils étaient là, dans la paille... Ils... ne sont sûrement pas loin. Ils... ils ont dû rentrer dans la maison pour manger. »

L'homme le lâcha d'un geste si violent qu'il l'envoya s'écraser sur le pressoir à olives.

7

Merci Ulysse

Daméas se réveilla en sursaut. Le sol vibrait sous sa joue. Il releva la tête. Par tous les dieux, il s'était endormi et l'aube rosissait déjà le ciel ! Il rampa à toute vitesse au milieu des brebis pour aller secouer Nééra et Stéphanos qui dormaient.

— Chchch... Pas un bruit ! Ne bougez pas pour l'instant.

Il glissa un regard discret par-dessus les toisons de laine. L'âne ! Les claquements étaient ceux de ses sabots. Lui ne représentait aucun danger, seulement il n'était pas seul, le fils du paysan le suivait et venait vers eux. Daméas serra les poings. Celui-là, s'il approchait, il le tuait. Ce n'était pas un sale bouseux vêtu d'une peau de bique qui allait lui faire peur !

Il s'aperçut que le garçon changeait de direction et remontait le long du troupeau. Tant mieux, il ne tenait pas plus que ça à le tuer, il n'avait jamais tué personne.

Il s'en voulait terriblement. Il avait été au-dessous de tout, il n'avait même pas su saisir leur chance, la chance invraisemblable qui, sous la forme d'une belette, avait réveillé Stéphanos en pleine nuit et lui avait donné envie de faire pipi. Peureux comme il était, il avait voulu profiter de la lumière qui brillait encore dans la maison pour aller faire sous la fenêtre. C'est là qu'il avait entendu un inquiétant dialogue entre le paysan et sa femme. Ces sales traîtres projetaient de les vendre comme esclaves !

Ils avaient quitté la bergerie en vitesse, seulement la nuit était si noire qu'il leur était impossible de filer au loin, dans des montagnes pleines de pièges, et ils avaient décidé d'attendre l'aube cachés au milieu des brebis.

Le berger ne regardait pas de leur côté, il jetait des coups d'œil anxieux vers la maison, comme s'il partait en fraude. Arrivé sur la pente, il émit un petit sifflement et envoya une violente claque sur le derrière de l'âne. Celui-ci accéléra le pas et... Voilà que le troupeau de moutons s'ébranlait !

Affolé, Daméas regarda autour de lui. Ils n'avaient plus de choix ! Il se tourna vers Nééra pour l'avertir de suivre à quatre pattes, mais elle ne le regardait pas. Il l'entendit souffler à Stéphanos :

« Tu te rappelles Ulysse ? Il s'est échappé de la caverne du cyclope qui voulait le dévorer, en s'accrochant sous un bélier. On va faire pareil. Ces brebis ne sont pas assez grosses pour qu'on s'y accroche, alors on va marcher à quatre pattes au milieu d'elles, comme si on était des moutons. »

Elle avait eu la même idée que lui !

« Ils ont dû partir dans la nuit, s'excusa en tremblant le paysan tandis que les hommes mettaient sa maison sens dessus dessous.

— Où ? Combien y a-t-il de routes, par ici ?

— Trois, bredouilla le paysan. Celle par laquelle vous êtes venus, celle qui va vers Corinthe, et celle qui descend sur Mégare.

— Je parie qu'ils sont partis vers Corinthe, grinça l'un des hommes. À Corinthe, il y a *l'autre*.

— Il vaut mieux qu'on prenne chacun une route, décréta son compagnon. Toi sur Corinthe, moi vers Mégare. Si je ne les trouve pas, je file prévenir le chef qu'on est sur leurs traces et je te rejoins. »

Après avoir envoyé la dernière cruche intacte

s'écraser sur le mur, les cavaliers sautèrent à cheval et prirent le galop.

Le souffle court, soulagé de s'en être tiré à si bon compte, le paysan ramassa vite sa branche de laurier et se remit à la mâchonner nerveusement. Les dieux ne l'avaient pas lâché, le troupeau de moutons avait réussi à disparaître de l'autre côté de la colline.

Daméas tourna la tête avec colère. Au moment où il donnait le signe de quitter le troupeau et de s'aplatir dans le fossé en contrebas, Stéphanos s'était mis à pleurnicher qu'il avait les genoux écorchés. Bon sang ! Le berger avait entendu, il venait de les repérer et on avait à peine franchi le sommet de la colline ! Il ne fallait pas lui laisser le temps de donner l'alarme !

Daméas lui sauta dessus et lui expédia son poing dans la mâchoire, de toutes ses forces.

Il n'en revint pas : son adversaire s'était effondré. Il n'avait jamais donné un coup pareil, l'urgence avait dû décupler ses forces.

« Il est mort ? s'informa Néèra d'une voix tremblante

— Bien sûr que non, il est juste assommé. J'ai dosé mon attaque. »

« Dosé » était évidemment très exagéré, mais Daméas était plutôt content de lui. Il se sentait soudain ragaillardi, plein d'esprit de décision. Il attrapa Stéphanos sous son bras et se mit à courir.

Il dut s'arrêter en haut de la seconde colline pour reposer son frère au sol et reprendre sa respiration. Néèra arriva à son tour, rouge comme la crête d'un coq, l'air épuisé. Les filles sont incapables de courir.

À l'inverse, Stéphanos était livide. Il demeurait là, sans un mot, prostré sur le sol. Néèra lui posa la main sur l'épaule pour le réconforter.

« Je veux ma maman, murmura alors le gamin.

— On la verra bientôt, répondit Néèra encore essoufflée. Pour l'instant... on ne peut pas. »

Il y eut un petit silence, et Stéphanos dit dans un souffle :

« C'est·ma maman, je suis pas un essposé, hein ? »

Il y avait dans sa voix tant de détresse que Daméas se sentit soudain très mal. Il s'était bêtement imaginé que Stéphanos n'avait pas accordé de crédit à ses paroles, qu'il les avait prises pour un nouveau mensonge destiné au paysan. Maintenant, il se rendait compte qu'il avait dû remâcher ça toute la nuit. Que le gamin prononce mal le mot « exposé » lui serrait le cœur encore davantage.

« Bien sûr que non ! » protesta Néèra.

Elle n'y avait pas mis assez de conviction ! Bien que personne ne le sache, Stéphanos était réellement un enfant exposé. Cependant, leur père l'avait présenté à la famille comme étant son fils et, apparemment, nul ne s'était étonné qu'il ait les cheveux noirs quand les aînés étaient si blonds.

Daméas remarqua le regard furieux de Néèra. Oh ! Bon ! Oui, il était embêté, ce n'était pas la peine de remuer le fer dans la plaie ! Il grogna :

« Et alors, que voulais-tu que je fasse ? Il était en train de tout nous flanquer par terre ! »

Évidemment, ce genre de réplique n'arrangeait rien, il le lut dans les yeux de Néèra.

« Je te l'ai dit, Stéphanos, expliqua vite sa sœur, Daméas a raconté ça pour que personne ne sache qui on est. Si on révèle le nom de notre père, on le met en danger.

— Pourquoi ? »

Daméas serra les mâchoires. Et voilà ! Dès qu'on se lançait dans les explications, on n'en finissait plus. Et il y avait des choses qu'il ne pouvait absolument pas dire à un gosse de cinq ans.

« Parce que c'est comme ça », lâcha-t-il d'un ton sans réplique.

Stéphanos le regarda avec de grands yeux pleins de reproches.

Bon. Il y était peut-être allé un peu fort, mais il fallait que ce môme s'aguerrisse. Il aurait bientôt l'âge de fréquenter l'école et, l'école, ça ne rigolait pas avec les petits-chouchous-à-leur-maman. Il avait été trop gâté. On l'avait toujours considéré comme *petit*. Lui, il avait toujours été *grand*. Sans doute parce qu'il était l'aîné.

Bon sang, ce gamin n'avait plus de mère, et lui non plus !

Ils n'avaient plus de mère, cependant Stéphanos n'en savait encore rien. Alors il n'y avait aucune raison de le ménager, on devait même se montrer sévère, car il fallait qu'il devienne raisonnable, et vite : l'affreuse nouvelle lui serait moins dure.

« L'année prochaine, insista Daméas, tu iras à l'école, et tu verras que, là, on doit obéir sans discuter, et souffrir sans pleurer. Il est temps de t'entraîner, sinon les autres se moqueront de toi. »

Un peu désarçonné, Stéphanos fit un geste vers sa poitrine pour saisir son collier d'amulettes et se rassurer. L'effroi emplit ses yeux, sa bouche s'ouvrit.

« J'ai perdu mon collier, j'ai perdu mon collier ! »

Daméas accusa le coup. C'était un très mauvais présage. Ce collier d'amulettes était précieux : bien que Stéphanos l'ignorât, c'était celui avec lequel il avait été exposé. Les gens qui abandonnaient leurs enfants leur laissaient souvent ce genre d'objet afin de les retrouver un jour, s'ils survivaient.

Ils se précipitèrent tous pour voir si le collier n'était pas tombé dans les environs.

« Qu'est-ce que tu fais ? demanda Daméas à Stéphanos qui s'éloignait.

— Je retourne chercher mon collier à la bergerie.

— Ça ne va pas, non ? On t'en achètera d'autres, des amulettes, et des plus belles ! »

Stéphanos se mit à sangloter :

« Je veux celles-là, je veux ma maman. »

Daméas l'attrapa par le bras.

« Si tu pleures et que Méduse est en train de passer dans le ciel, elle va regarder par ici.... Tu la connais Méduse ? Elle habite près du pays des morts, elle a des grosses défenses de sanglier et sa tête est entourée de serpents. Elle vole dans les airs avec ses ailes d'or et si, par hasard, elle t'entend, elle te regarde et ça te change en pierre. »

Stéphanos se tut. Merci Méduse, merci le sphinx ! Mais si le gamin ne devenait pas plus raisonnable, ils allaient très vite épuiser leurs ressources.

« Cachons-nous ! » chuchota brusquement Nééra.

Ils se jetèrent derrière un buisson et ne respirèrent plus. Un claquement. Le cœur battant, Daméas glissa son regard entre les branches.

Stéphanos ! Il leur avait échappé et dévalait la pente à découvert. Sale petit morveux !

Le claquement s'arrêta. Daméas se releva avec appréhension pour jeter un coup d'œil vers le bas de la colline et n'en crut pas ses yeux.

8

Un abri sûr ?

Quand Daméas arriva à son tour au bas de la pente, son petit frère et l'âne gris se reniflaient mutuellement le museau.

« Il dit qu'il vient avec nous, déclara Stéphanos comme si l'âne lui avait fait ses confidences.

— C'est impossible, s'emporta Daméas. Un âne, ça brait tout le temps et ça s'entend à des dizaines de stades[1] à la ronde. Il nous ferait repérer !

— Il m'a dit que le paysan est méchant avec lui », insista le gosse.

---

1. Mesure de longueur (celle d'un stade olympique), correspondant à 180 m environ.

Et là, Daméas sentit fondre sa colère. Stéphanos, c'était quand même un sacré numéro et, par certains côtés, il l'adorait.

« D'ailleurs ce n'est pas un âne, observa Néèra, c'est une ânesse. Elle ne braira pas. Les femelles, c'est plus discret. Ça ne ressent pas le besoin, comme les mâles, de se faire tout le temps remarquer. »

Elle avait un drôle d'air, et Daméas se demanda comment il devait comprendre sa phrase. Dans le doute, il fit celui qui n'y avait pas prêté attention.

« Une monture nous serait utile », ajouta-t-elle en lui désignant des yeux leur petit frère.

Pas faux. Sans plus réfléchir, Daméas saisit Stéphanos sous les bras et le hissa sur le dos de l'ânesse, entre les deux paniers. Une monture, ça pouvait leur sauver la vie, et il n'avait aucun remords à la confisquer à cette langue fourchue de paysan. Pareil pour ses paniers. Ils étaient pleins d'olives vertes – immangeables, puisque pas encore confites dans la saumure – mais parfaitement vendables en cas de besoin. Il conclut doctement :

« C'est un présent des dieux. »

Et il saisit la longe.

« Elle s'appelle Chrysilla, annonça Stéphanos.

— Bon. Si tu veux. En tout cas, il ne faut pas moisir ici. »

Ils marchèrent tout le jour, montant, descendant,

s'écorchant dans les buissons quand il n'y avait plus de sentier. L'ânesse s'arc-boutait bravement pour grimper, se dandinait avec retenue dans les pentes, comme si elle essayait de ne pas réveiller Stéphanos qui dormait sur son dos. Ni Daméas ni Néèra ne tenaient plus la longe. Leur regard était vague, leurs pieds en sang. Ils avaient évité les routes et, bien qu'ils se soient retournés souvent, ils n'avaient vu personne.

Daméas avait l'impression de ne rien choisir, et que c'était Chrysilla qui les guidait. Ses pieds douloureux, il essayait de les oublier. Il lui semblait qu'ils étaient partis de la maison depuis une éternité. Il n'osait plus songer à l'avenir, et encore moins au passé.

Depuis un moment, l'ânesse avait une curieuse attitude. Elle marchait de travers, oreilles dressées. De temps en temps, elle boitait, à cause de sa blessure au pied (un caillou pointu qui s'était coincé dans son sabot, et qu'ils avaient mis trop longtemps à détecter.)

« Regardez », dit Néèra en désignant une tache blanche au milieu des arbres.

C'était un petit temple. Était-il prudent de rejoindre un lieu fréquenté ?

D'un autre côté, ils ne pouvaient pas rester éternellement loin des routes et des hommes, il faudrait bien trouver à manger, car les quelques provisions que la femme de Gorgias leur avait données étaient pratiquement épuisées.

« On va y passer la nuit », décida Daméas.

Le temple était perdu au milieu de grands buissons de fleurs qui coupaient le vent, et le marbre blanc irradiait une douce chaleur réconfortante. Pour leur repas, Nééra apprêta leurs derniers anchois sur du pain frotté d'ail. Restait à espérer que Corinthe ne se trouve plus trop loin.

Daméas débarqua Stéphanos et débarrassa Chrysilla de ses paniers. Il avait à peine fini que l'ânesse plia les genoux et s'affala sur le sol pour se rouler dans la poussière avec un plaisir évident. Aussitôt, Stéphanos s'allongea près d'elle pour l'imiter. Nééra se précipita.

« Relève-toi, tu n'es pas un âne. Tu vas te salir et on n'a pas de vêtements de rechange ! »

Daméas n'était pas de cet avis, la poussière lui donnait une idée.

« Finalement, ce n'est peut-être pas idiot. Plus on aura l'air de vagabonds, moins on nous remarquera sur les routes. »

Et, pour montrer l'exemple, il se jeta sur le sol et se tortilla en riant nerveusement.

Son rire s'étrangla. Une voix venait de sortir du temple :

« Ne laisse pas ton âne près des lauriers roses, c'est un poison pour lui. »

Il y avait quelqu'un, là ! Un vagabond ! Pourvu qu'il n'ait pas saisi ses paroles !

L'homme portait un ample chapeau de cuir et des vêtements de peau de bêtes cousues un peu au hasard. Il poursuivit :

« Vous avez raison de vous mettre à l'abri. Je vous ai vus arriver et votre âne marchait de biais en dressant les oreilles. Ça veut dire qu'il sent la pluie. M'est avis que Zeus va tonner. Vous êtes marchands ? »

Daméas se releva en essayant de prendre un air naturel et répondit :

« Oui, marchands d'olives. »

Et il fusilla Stéphanos du regard pour qu'il ne vienne pas encore tout gâcher.

« Moi aussi, autrefois, j'étais marchand, reprit le vagabond. Je fabriquais des boucliers. Mais, les soldats ont prétendu qu'ils avaient perdu une bataille parce que mes boucliers n'étaient pas assez solides, et je n'ai eu que le temps de filer pour ne pas finir embroché sur une lance. Voilà comment va la vie. »

Il les considéra tous trois et ajouta :

« Vos parents vous laissent seuls sur les routes ? »

Daméas eut bien envie de répliquer que ça ne le regardait pas, seulement ça aurait paru louche. Raconter qu'ils étaient orphelins impliquerait qu'ils étaient sans défense, et l'expérience du paysan lui suffisait. Il déclara finalement :

« Nous les attendons. Ils vont nous rejoindre d'un moment à l'autre. »

Et il fit semblant de regarder au loin, comme s'il les guettait.

« Vous savez que c'est dangereux, les routes », commenta l'homme avec un drôle d'air.

Et il lança à Nééra un regard qui fit bondir Daméas.

« Si vous touchez à ma sœur, je vous tue ! » lui hurla-t-il dans la figure.

Le vagabond ne parut que modérément impressionné. Il soupira :

« Bon ! Moi ce que j'en dis, c'est pour vous rendre service... »

Il s'allongea sur sa couverture et leur tourna le dos.

Ils furent réveillés par un vrai déluge. L'eau rebondissait sur le sol et giclait jusque dans le temple. L'ânesse avait bien eu raison de leur annoncer la pluie.

« J'ai peur quand Zeus pleut trop fort », souffla Stéphanos à l'oreille de Nééra.

Il avait parlé très bas, sans doute pour que Daméas ne l'entende pas. Celui-ci fit donc comme s'il n'avait pas entendu. D'ailleurs, ça l'arrangeait. Il n'était pas très rassuré non plus (bien que ça n'ait rien à voir avec l'orage). Pour être franc, il avait même une peur bleue. Peur de ces hommes qui les cherchaient sans qu'ils sachent pourquoi, peur de l'avenir, peur de ce monde inconnu, peur de ce qui les attendait à Corinthe.

« Il y a toujours des bandits qui nous suivent ? » demanda tout fort Stéphanos.

Daméas fit un bond. Il ne pouvait pas se taire ? Le vagabond avait sûrement entendu, et ils ne savaient rien de lui. Nééra chuchota aussitôt :

« On va s'en tirer, Athéna nous protège, ne l'oublie pas. Et puis, les Grecs sont des rusés. Tu te rappelles la guerre de Troie ? Raconte-moi, pour voir. »

Au lieu de gronder Stéphanos, elle essayait de le distraire de ses angoisses. Après tout, si ça marchait...

« Les vaillants guerriers grecs n'étaient pas arrivés à pénétrer dans la ville de Troie, commença Stéphanos, alors ils ont eu une idée. Ils ont construit un grand cheval en bois au bord de la mer, ils l'ont laissé sur le sable et ils ont fait semblant de s'en aller. Les Troyens, c'est pas des malins, ils croyaient qu'ils avaient gagné et que les Grecs étaient partis. Ils ont tiré le cheval dans les remparts. (Il s'arrêta un instant, exactement comme le faisait leur mère.) Le cheval était plein de guerriers. Ils sont sortis pendant la nuit et ils ont tué tout le monde… »

Les derniers mots se perdirent dans un bredouillement. Il avait de nouveau sombré dans le sommeil.

Daméas se réveilla brutalement. Le jour pointait et la pluie s'était calmée. Ce n'était donc pas elle qui l'avait tiré si brusquement du sommeil. C'était plutôt un souffle, un souffle énervé. L'ânesse ! Elle ne se trouvait plus avec eux, sous les colonnades ! Un braiment effroyable fit vibrer l'air.

9

Une meurtrière sans état d'âme

Nééra ouvrit des yeux affolés. L'ânesse avait crié. Ils étaient loin de la ferme, et les ânes ne manquaient ni sur les routes, ni dans les champs, ses braiments ne pouvaient donc pas les mettre en danger, cependant il y avait dans sa voix une fureur qui épouvantait. Le vagabond n'était plus là et Daméas se tenait debout, tourné vers l'esplanade du temple.

Elle se leva d'un bond, prête à tout. Au pied des marches, il y avait un homme étendu sur le sol. L'ânesse, au comble de l'énervement, piétinait sur place. De la colonne derrière laquelle elle s'était réfugiée, Nééra distinguait parfaitement l'homme. Il était marqué d'une grosse tache rouge au milieu du front.

Daméas sortit enfin et se pencha sur lui. C'est seulement à ce moment qu'elle se résolut à s'approcher.

L'homme ne bougeait pas. Elle n'eut pas à se demander de qui il s'agissait, il arborait au bras un bracelet en forme de serpent. Elle sentit les forces lui manquer.

« Comment nous a-t-il retrouvés ? souffla-t-elle.

— Je te parie que c'est le vagabond ! s'exclama Daméas. Il a très bien pu le rencontrer et le renseigner. Tout ça à cause de Stéphanos, qui ne sait pas tenir sa langue !

— Ne t'énerve pas », chuchota Néèra en examinant les alentours avec appréhension.

Elle n'y décela aucun mouvement. L'homme semblait seul. Il avait dû s'approcher en catimini et était tombé sur l'ânesse, qui lui avait fendu le crâne d'un coup de sabot.

Chrysilla semblait maintenant calmée, et Néèra lui trouva même l'œil satisfait. Cette ânesse n'était-elle pas un cadeau d'Athéna ?

Traînant son manteau derrière lui, Stéphanos s'approcha alors et, jetant un regard sur l'homme, commenta sans état d'âme :

« Je crois qu'il est mort. Quand on est mort, on bouge plus.

— Il faut s'en aller, et vite », décréta Daméas en posant le bât sur le dos de l'ânesse.

Ils fixèrent rapidement les paniers, enveloppèrent leurs pieds dans des chiffons et regagnèrent la route sans un regard en arrière.

Si l'homme était seul, il n'avait pu avertir personne qu'il les avait découverts. Pourquoi alors Néèra n'arrivait-elle pas à se rassurer ? Parce que si, pour les retrouver, on était allé jusqu'à interroger les passants, on ne relâcherait pas si facilement l'étreinte. Or, n'importe qui pouvait trahir leur présence sans même penser à mal.

Elle avait hâte d'arriver à Corinthe et de se mettre sous la protection de Samion. Lui saurait leur expliquer ces événements pour l'instant incompréhensibles qui les avaient jetés sur les routes. Elle espérait de toute son âme qu'ils allaient le trouver. Sinon, que deviendraient-ils, seuls et sans argent ? Et comment sauraient-ils à quel moment ils pourraient rentrer à Athènes ?

Daméas avait répété plusieurs fois que les hommes au serpent ne pouvaient pas les retrouver, mais elle savait bien qu'il ne le ressassait que pour s'en convaincre lui-même. Elle n'avait rien dit, d'abord parce qu'il aurait encore prétendu que les filles n'étaient que des peureuses, ensuite parce qu'elle aurait bien voulu le croire aussi. Maintenant, ils avaient la preuve du contraire...

L'ânesse boitait toujours. Nééra lui tapota l'encolure pour l'encourager, puis saisit sa longe au plus près possible de la bouche, de manière à marcher à hauteur de la tête et à éviter ainsi de se faire écraser les pieds par un sabot. En réalité, elle ne menait l'animal à la main que pour se rassurer. Les ânes n'aimaient pas la solitude, et Chrysilla n'avait visiblement aucune envie de leur fausser compagnie.

Quand le premier rayon du soleil cligna de l'œil au-dessus de la montagne, elle le salua d'un baiser pour se concilier ses bonnes grâces et le pria de les protéger. L'angoisse ne parvenait jamais à la quitter. Elle avait conscience que, si les hommes les pourchassaient, c'est qu'ils n'avaient pas obtenu ce qu'ils voulaient auprès de leurs parents. Et alors...

Elle s'arrêta net. Une belette venait de traverser la route.

Elle se baissa vite pour ramasser trois cailloux et les lancer en l'air en criant : « Athéna l'emporte ! » et conjurer le mauvais sort, mais elle fut aussitôt envahie par la certitude que ce présage funeste se rapportait directement à ses dernières pensées. Or celles-ci concernaient ses parents.

Elle poursuivit son chemin avec ce poids abominable dans le cœur, tiraillée entre l'envie d'en parler à Daméas, et la crainte de l'inquiéter inutilement.

Vers midi, elle distingua des taches de couleur en contrebas de la route.

« Un marché ! On pourrait peut-être vendre nos olives et acheter des chaussures. »

Ils n'eurent pas besoin de vendre : le premier cordonnier auquel ils s'adressèrent fut d'accord pour échanger un panier d'olives contre trois paires de sandales à lanières. Avec précaution, Nééra déroula alors les chiffons qui la protégeaient et posa son pied sur le billot de bois.

« Eh bien dites donc, observa le cordonnier, vous êtes dans un drôle d'état ! Quelle idée de marcher pieds nus quand on n'en a pas l'habitude ! »

Nééra rougit violemment. Ses pieds la trahissaient. Elle n'avait rien d'une paysanne, et la place d'une jeune fille convenable n'était pas sur les routes, surtout à pied et sans escorte d'esclaves.

« On nous a volé nos chaussures », expliqua-t-elle d'une voix blanche pendant que l'homme dessinait le contour de son pied directement sur le morceau de cuir qui constituerait la semelle.

Le cordonnier n'insista pas, ce qui lui parut encore plus inquiétant.

« Vous avez raison de prendre des sandales, com-

menta-t-il. Vos pieds ne supporteraient pas les bro-
dequins de voyage. »

Elle songea que, de toute façon, ils n'avaient pas
les moyens de s'en acheter, et jeta un regard préoccupé vers Daméas. Il ne fallait pas s'attarder ici.

Pourtant, filer sans attendre les sandales serait
encore plus imprudent.

Laissant le cordonnier découper les lanières, ils
s'appliquèrent à vaquer dans le marché d'un air
insouciant. Ils échangèrent des olives du deuxième
panier contre des mazas qui cuisaient sur un grand
brasero, et d'autres encore contre un peigne en bois
d'olivier. Néèra avait fait valoir que, depuis quatre
jours, elle ne s'était pas coiffée et que, s'il paraissait
normal d'avoir des vêtements poussiéreux en
voyage, des cheveux en désordre représentaient une
négligence impardonnable pour une jeune fille. Elle
les peigna donc avec soin et les noua sur la nuque à
l'aide d'une petite chute de cuir abandonnée par le
cordonnier.

Au moment de récupérer leurs sandales, ils
s'aperçurent qu'en plus de leurs trois paires, il y
avait un curieux bol de cuir, muni lui aussi de
lanières. Stéphanos s'en saisit et, en évitant de regarder ses aînés, l'enfila sur le sabot blessé de Chrysilla.
Le gamin avait commandé cette sandale lui-même et
il avait revendu pour ça le reste des olives !

« Tu n'as pas intérêt à recommencer un coup pareil ! » fulmina Daméas à voix basse.

Néèra lui adressa un geste d'impuissance amusée : le gamin ne s'était pas mal débrouillé et, après tout, ils devaient bien ça à l'ânesse. Ils attachèrent leurs sandales par-dessus les tissus qui protégeaient leurs pieds et reprirent leur chemin. Ils avaient choisi la route qui longeait la mer – plus fréquentée – en présumant que le danger serait moindre au milieu de la foule.

Au soir tombant, ils regagnèrent les collines, s'assirent près d'une source et mangèrent en silence. Même Stéphanos était muet. Enfin, regardant autour de lui avec méfiance, il murmura :

« Néèra... Tu m'as pas dit ce qu'il faut répondre au sphinss si on le rencontre ? »

Néèra hocha la tête. Stéphanos avait fait de gros efforts depuis deux jours pour ne parler ni de la maison ni de leur retour. La présence de l'ânesse y était certainement pour beaucoup, car son petit frère avait toujours été l'ami des bêtes, chiens, belettes, oiseaux, cochons, mouches... Leur père avait même dû lui modeler dans l'argile des armées d'animaux – à l'exception des rats et des serpents qui lui inspiraient de la crainte.

Pour elle, Alexos fabriquait plutôt des poupées. Sa préférée était articulée et s'appelait Phano. Bien sûr, il y avait longtemps qu'elle ne jouait plus avec, cependant Phano trônait toujours sur son coffre à vêtements, là-bas, vêtue de son plus joli péplos. Une bouffée de désespoir l'envahit.

« Œdipe... » commença-t-elle pour s'empêcher de pleurer.

Elle se demanda si elle devait révéler qu'Œdipe était un enfant exposé, et poursuivit finalement :

« Œdipe était le fils du roi de Corinthe. Quand il rencontra le sphinx, celui-ci lui demanda : "Quel est l'être qui marche tantôt à deux pattes, tantôt à trois, tantôt à quatre ?"

— Je sais pas, dit Stéphanos avec une soudaine anxiété.

— C'est l'homme, ricana Daméas pour montrer qu'il connaissait la réponse. Il marche à quatre pattes quand il est petit, à deux quand il grandit, à trois, avec sa canne, quand il est vieux. Maintenant, tu ferais mieux de dormir parce que, demain, on part de bonne heure si on veut arriver à Corinthe avant le soir. »

Déçue et un peu fâchée, Nééra installa son petit frère entre les pattes de l'ânesse qui s'était allongée. Puis, ainsi que le faisait toujours sa mère, elle lui chanta la chanson des cailloux. Elle n'eut pas à aller au-delà du deuxième couplet :

Le premier très surpris
Est devenu tout gris,

Le deuxième s'est fait vert,
Comme la mer.

Stéphanos s'était endormi.

Elle le considéra un moment et remarqua qu'il avait pris soin de poser sa tête près du sabot blessé, de façon à empêcher Chrysilla de ronger ses lanières. Elle le couvrit de son manteau, se releva et rejoignit Daméas qui s'éloignait entre les arbres pour prier.

Elle s'arrêta sur la pente, stupéfaite. Daméas priait mais, au lieu de lever ses bras vers les hauteurs où se tenaient les dieux, il les dirigeait vers le sol. Un poids énorme s'abattit sur ses épaules. Le seul qu'on priait de cette façon était Hadès, le dieu des morts, qui avait son royaume sous la terre. Elle s'approcha et agrippa son frère par le bras.

« Ils sont morts, n'est-ce pas ? »

Et comme Daméas, les larmes aux yeux, ne répondait pas, elle ajouta faiblement :

« Je m'en doutais... »

Ses jambes fléchirent et elle se laissa tomber sur le sol.

Longtemps elle resta là, le front contre terre. Ses larmes roulaient sur les cailloux jusqu'à la poussière qui les buvait avidement.

« Et on n'était pas là pour les accompagner dans

leur dernier voyage, articula Daméas avec difficulté. Je voudrais tant retourner là-bas, accomplir mon devoir envers eux ! »

Un sanglot l'étrangla.

Alors Néèra releva la tête, s'essuya les yeux et, sans regarder son frère qui aurait été mortifié qu'elle découvre ses larmes, elle déclara :

« On n'a qu'à rentrer. On ne va pas fuir comme ça jusqu'au bout du monde. Et puis, ils nous ont retrouvés une fois, ils peuvent encore le faire. Serions-nous plus en danger là-bas ? On rentre, on les attend et si c'est le secret de la peinture qu'ils veulent, tu le leur donneras. Tu diras quels mélanges papa utilisait. Qu'est-ce que ça change ? Un bon mélange ne suffit pas à faire un grand peintre. »

Daméas raffermit sa voix et haussa les épaules.

« Tu crois qu'ils nous pourchasseraient si loin pour un secret concernant la peinture ?

— Pour quoi, alors ?

— Il y a certainement autre chose. Quelque chose de grave. Grave au point que papa nous ait ordonné de fuir... Non, on ne peut pas rentrer, Néèra, papa m'a fait jurer. Je ne sais pas pourquoi, mais on ne peut pas rentrer. »

10

Des yeux vigilants

À l'auberge qui marquait l'entrée de l'isthme[1] de Corinthe, deux chevaux se désaltéraient à l'abreuvoir, tandis que leurs cavaliers, attablés devant un plat de calmars, surveillaient les environs.

« Regarde ces deux-là, s'exclama subitement l'un d'eux en désignant, d'un mouvement du menton, les jeunes gens qui débouchaient de la route.

— Ce ne sont pas eux, déclara l'autre, ceux-ci sont des paysans qui viennent au marché, ils ont un âne et des paniers. (Il fit tourner distraitement le ser-

---

1. Langue de terre entre deux mers.

pent d'or qui ornait son bras.) D'ailleurs, ils ne sont que deux.

— Ils ont pu se débarrasser du petit, observa son compagnon. Un gosse, c'est indiscret et encombrant. Des blonds, ce n'est pas si courant, et les âges correspondraient... Et puis observe-les : ils n'ont jamais vu ce spectacle, ils ne sont pas d'ici. »

Les jeunes contemplaient en effet avec une visible curiosité les innombrables bateaux serrés les uns contre les autres au fond de la baie, et qui attendaient leur tour pour passer sur la terre ferme. Ils s'approchèrent même de l'équipe chargée de hisser les bateaux sur le chariot et posèrent apparemment une question à l'esclave qui menait l'attelage.

Les deux hommes ne les quittaient pas des yeux. Les gestes de l'esclave expliquaient que le chariot emportait le bateau par voie de terre pour le remettre à l'eau à l'autre bout de l'isthme.

« Tu as raison, ils n'ont jamais vu ça. »

Ils suivirent attentivement les mouvements des deux voyageurs. Malheureusement, ceux-ci ne firent pas ce à quoi ils s'attendaient, et franchirent le chemin de bois pour continuer leur route vers Corinthe.

« Tu vois bien, ce ne sont pas eux. »

*

On ne pouvait pas s'y tromper. Cette ville qui s'étirait au flanc d'un gros piton rocheux, dominée par une impressionnante acropole fortifiée, c'était Corinthe. Et la clé de ces cinq horribles journées se trouvait là, quelque part. Stéphanos sortit la tête du panier où il était dissimulé depuis le matin en gémissant :

« J'ai trop chaud.

— Tu es cramoisi, s'inquiéta aussitôt Néèra. (Elle se tourna vers Daméas.) En pleine chaleur, ce n'est pas possible. Il faut qu'il sorte de là. De toute façon, ceux qui nous recherchent ne savent pas qu'on a un âne, ils ne nous reconnaîtront pas. »

Sans attendre l'avis de son frère, Stéphanos se hissa au grand air et se laissa glisser sur le sol. Daméas haussa les épaules. Il ne pouvait pas le laisser mourir d'insolation !

Le long de la route qui menait en ville, des armées de poteries séchaient au soleil, des jarres, des vases, des coupes, des louches, des cratères, des lampes, un univers familier et rassurant. On entendait même de la musique et des chants traditionnels de potiers.

« On dirait la maison ! s'exclama Stéphanos.

— Chut, siffla Daméas entre ses dents. Tu as juré de ne rien dire et surtout pas ton nom ni d'où tu viens ! Tu as intérêt à t'en souvenir, sinon je te mets la tête comme une figue molle.

— Si tu sais te tenir, enchaîna aussitôt Néèra,

Daméas te fabriquera de nouvelles amulettes, très belles. »

Daméas haussa les épaules. Nééra, c'était le genre patience et négociation. Il aurait été étonné que ça forge des hommes mais, pour l'instant, il s'en moquait à condition que ça donne des résultats. Il annonça qu'il s'attaquait dès ce soir aux amulettes et conclut :

« Maintenant, tout le monde se tait, et on exécute le plan. Pour éviter d'être repérés, on ne se met pas immédiatement à la recherche de Samion. On essaye d'abord de trouver du travail. On passera pour des ouvriers et personne ne prêtera attention à nous. C'est d'accord ? »

La question n'en était pas une. Elle ressemblait plutôt à une menace, et Stéphanos ne s'y trompa pas. Il serra violemment les lèvres.

Ils parcoururent la rue principale en détaillant les poteries et, surtout, le visage des potiers. Daméas tentait d'étouffer sa honte. Chercher du travail comme un vulgaire métèque[1] ! Chez eux, il ne peignait évidemment que pour son plaisir, et il ne vendait pas ses vases : il les offrait à sa mère, à ses tantes, à des amis.

Un bon atelier se repérant à l'oreille, il en détecta

---

1. Étranger. Il ne possède pas les mêmes droits que les citoyens.

un qui avait l'air très gai. Comble de chance, le patron ressemblait un peu à son père. Il était en train de plaisanter avec ses peintres pendant que, derrière lui, les esclaves qui activaient les tours chantaient à l'unisson avec les potiers façonnant la terre. Ça lui inspira confiance. Il s'approcha et tenta de prendre une voix assez mâle pour poser sa question.

« Peintre ? réagit le patron. Bien sûr, j'en ai besoin ! On en manque toujours cruellement. Je te prends à l'essai. Une drachme par jour et un repas : pain, oignon, trois olives. Ça te va ? »

C'était peu mais c'était le tarif. De toute façon, l'argent ne constituait pas leur priorité, puisque Samion devait les tirer d'affaire. Il proposa :

« Mon petit frère pourrait travailler aussi. Il est adroit pour rouler l'argile et il n'y laisse aucune bulle. »

Le patron jeta un regard au petit.

« Les gamins de cet âge, décréta-t-il, je ne les paye pas, je les nourris seulement. »

Daméas acquiesça. Il s'y attendait et ne voulait pas s'appesantir là-dessus. Il avait pire à demander. Il prit une profonde inspiration pour contrer la rougeur qui montait et se lança :

« Ma sœur joue très bien de la lyre... »

Voilà, c'était dit. Que sa propre sœur en soit réduite à jouer de la lyre dans un atelier de potiers le rendait malade. Cependant, pas plus que Stéphanos, il ne pouvait la laisser dans la rue.

Il évita de la regarder. Ils en avaient déjà parlé, c'était même elle qui l'avait proposé. Elle disait qu'ici personne ne les connaissait, et que cela n'avait donc aucune importance. Ils n'étaient plus les enfants d'Alexos, du dème du Céramique, mais ceux d'un dénommé Soclès, du dème de Marathon, un pur produit de leur imagination, à la réputation duquel ils ne risquaient pas de nuire. Daméas eut tout de même un peu mal au cœur quand le directeur accepta et proposa d'employer la famille entière pour deux drachmes, à condition que l'ânesse aide au transport des pots. Pour ça, pas de problème.

La journée se traînait et Daméas attendait avec impatience que le soir vienne. Il ne pouvait s'empêcher de noter que l'accompagnement de la lyre était très agréable, et que Néèra se taillait un franc succès. La fille d'Alexos, du succès auprès d'ouvriers et d'esclaves !

Il valait mieux ne pas y penser.

Enfin, la nuit tombant, le patron donna le signal de la fin du travail. Il examina le vase que Daméas venait de finir.

« Bien... Bien... »

Le dessin représentait un guerrier campé sur ses deux pieds, bouclier en protection. Et, sur le bouclier, le motif préféré d'Alexos : une petite chaîne de montagnes dans laquelle était planté le trident de Poséidon, dieu de la mer.

« Mon garçon, tu as une vraie richesse entre les mains ! » s'exclama le directeur.

Daméas sentit du miel couler dans son cœur.

« J'ai eu un bon maître, répondit-il.

— J'ai bien envie de te garder et je sais me montrer généreux. Alors je double ton salaire. »

Et il tendit à Daméas deux pièces d'une drachme. Elles ne représentaient pas la chouette d'Athéna, comme chez eux, mais Pégase, le cheval ailé. Daméas remercia avec un peu d'émotion et ajouta la phrase qu'il avait préparée :

« Je dois une prière aux dieux qui m'ont aidé à trouver du travail... Je crois qu'il y a ici un temple nommé le *diolcos*, je voudrais m'y rendre.

— Diolcos ? (Le patron eut l'air étonné.) Le temple de là-bas ne porte pas ce nom. Le *diolcos* est seulement la route qui permet aux bateaux de traverser l'isthme. »

Sidéré, Daméas souffla :

« Oui, bien sûr. Je veux dire... le temple qui est à côté. »

Bon sang ! Ils y étaient passés le matin même !

« Le temple de Poséidon ? C'est loin, tu n'as pas le temps d'y arriver avant le coucher du soleil.

— J'ai promis... »

Daméas était complètement déconcerté.

« Tu iras demain, proposa le directeur. Demain on fête notre cher dieu Dyonisos, pour qu'il nous donne de bonnes vendanges, alors on ne travaille pas. »

Daméas songea que les routes étaient dangereuses, surtout la nuit, et il finit par demander :

« Nous n'avons pas d'abri, pourrions-nous dormir ici ?

— Ce sera une drachme pour le loyer. Je garde donc ce que je devais pour ta sœur et l'âne. »

Les yeux de Stéphanos s'agrandirent.

« Et moi, j'aurai pas d'argent ? »

Son air effaré tira au patron un rictus amusé, et il lui tendit une pièce d'une obole.

« Soyez là après-demain aux aurores, rappela-t-il en sortant. On ne manque pas de travail ! »

Daméas hocha la tête sans rien dire. Après-demain, où seraient-ils ?

11

Une histoire stupéfiante

« J'ai un mauvais pressentiment, souffla Néèra au moment où ils quittaient le temple de Poséidon.

— Arrête ! »

Si Daméas s'emportait, c'était en réalité pour ne pas se laisser envahir par la frayeur. Néèra n'avait pas tort, car un rat avait volé le poisson qu'ils avaient déposé en offrande au dieu de la mer, et c'était un funeste présage.

« C'est peut-être Poséidon qui nous a envoyé le rat pour montrer qu'il nous protège », ajouta-t-il.

Néèra y croyait-elle plus que lui ? Elle ne répondit pas.

Ils remontèrent le long du *diolcos* sans plus prononcer un mot, en jetant des regards furtifs autour d'eux. Stéphanos était de nouveau dissimulé dans le panier. Restait à espérer qu'il n'aurait pas à y demeurer trop longtemps.

Le pire c'était que, pour trouver la maison de Samion, ils allaient bien être obligés de se renseigner auprès de quelqu'un. Comment y réussir sans attirer l'attention ?

« L'esclave qui conduit l'attelage du chariot à bateau, souffla Daméas. Quand il passera près de nous, je l'interrogerai. Personne ne verra que je lui parle. »

Les roues du chariot résonnaient sur les rondins de bois. Le chemin était usé, râpé, et c'était sans doute la raison pour laquelle on voulait le remplacer par une route de pierre, ou même percer à la place un canal. Information du marchand de sardines.

Les mules et les ânes de l'attelage avaient du mal à tirer leur charge, et l'esclave faisait claquer son fouet en l'air. Daméas eut toutes les peines du monde à attirer son attention pour lui demander où trouver Samion.

« Le directeur ? Il devait rentrer de voyage ce matin, allez donc voir... »

D'un mouvement de menton, l'esclave désignait

une maison un peu à l'écart, qui semblait être le bureau d'inscription des bateaux.

Samion était le directeur du *diolcos* ? Et ils avaient perdu une journée, faute de l'avoir compris !

Tout en remontant vers le bureau, Daméas chuchota à Stéphanos de ne pas sortir la tête du panier. Son cœur battait terriblement. Il se devait d'avoir des yeux partout. Heureusement, les marins des bateaux en attente étaient occupés à discuter à l'auberge, et il y avait de l'animation dans tous les coins. Qui pourrait les repérer ?

Les inscriptions de la journée semblaient finies, car le calme régnait du côté du bureau. Daméas confia l'ânesse à Néèra avec mission de l'emmener sous un arbre afin de mettre Stéphanos à l'ombre, puis il se dépêcha d'entrer pour ne pas éveiller l'attention.

« Samion est-il là ? » s'informa-t-il hâtivement.

Il se trouvait dans une petite pièce presque entièrement occupée par une table envahie de rouleaux de papyrus et d'ostraca[1] couverts d'inscriptions. L'homme qui se tenait derrière le bureau l'examina un instant et demanda enfin :

« Que me veux-tu ? »

Samion n'était pas aussi âgé que son père ou Gor-

---

1. Tessons de poteries servant de brouillon.

gias. Il avait la peau tannée par le soleil, comme les gens qui vivent dehors et, malgré la chaleur, il était enveloppé dans un manteau.

« Je suis le fils d'Alexos, chuchota rapidement Daméas. On m'a dit de venir.

— Le fils d'Alexos ? (L'homme baissa la voix.) Tu as bien fait. Le secret que tu possèdes est trop lourd pour toi, ils vont chercher à te tuer. »

Le cœur de Daméas se glaça. Même s'il s'était toujours douté qu'il courait un grand danger, il avait soudain l'impression qu'on venait de signer son arrêt de mort.

« Qui ? Qui veut me tuer ? Pour quel secret ?

— Ne fais pas l'innocent, on n'a pas le temps. Je parle du secret concernant le trésor de Délos. Dis-moi ce que tu sais exactement à ce sujet, il en va de ta vie. »

Le trésor de Délos ? Daméas n'avait jamais entendu parler d'une chose pareille. Il allait le dire quand, brusquement, Samion ouvrit des yeux effarés et le fixa avec une sorte de terreur incrédule ; et voilà que du sang se mit à couler au coin de sa bouche. Il était en train de s'effondrer ! Et, brusquement, sa tête partit vers l'avant et il s'abattit sur la table.

C'est là que Daméas vit la broche, plantée dans son dos. Une longue broche de cuisine.

Un moment, il resta pétrifié, puis il aperçut derrière le mort, dans l'encadrement de la porte, un homme au crâne rasé, un esclave. Il se mit à reculer d'instinct vers la porte.

Malheureusement, l'esclave bondit sur lui avant qu'il ne l'ait atteinte. Il le tira en arrière et le jeta dans la pièce du fond. La porte claqua.

Les oreilles de Daméas sonnaient atrocement. Au milieu de la pièce, il y avait un vieil homme, attaché à une chaise, le visage en sang. L'esclave se précipita vers lui pour défaire ses liens.

« Tu es... Daméas, prononça le prisonnier en respirant avec difficulté, le fils aîné d'Alexos. Ton frère et ta sœur sont-ils avec toi ? »

Abasourdi, Daméas ne répondit pas. Le vieux se redressa, reprit son souffle et ajouta :

« Je suis Samion. »

Samion !... Samion ?

« Ils m'ont torturé. Si mon brave Onésimos n'était pas arrivé, ils m'auraient tué. Ils vous tueront aussi, même si vous leur avouez ce qu'ils veulent. »

L'esclave intervint :

« Ne craignez rien, maître, votre agresseur est mort.

— Il y en a un autre, quelque part... Ils étaient deux. Partez ! Partez vite ! Cachez-vous ! »

Comme frappé par une idée, il s'interrompit,

91

agrippa le bras de l'esclave qui lui épongeait le front et lui chuchota quelque chose.

« Je vous le promets, répondit l'esclave. Calmez-vous, maître.

— Mais pourquoi nous poursuit-on ? s'écria Daméas en reprenant ses esprits, nous ne savons rien ! »

Il parlait volontairement fort, en espérant que l'autre homme, s'il était caché quelque part, l'entendrait.

Samion eut un regard désolé, et il lâcha une phrase stupéfiante :

« Vous savez. Même si vous ignorez que vous savez.

— Quoi ? s'affola Daméas. De quoi parlez-vous ?

— Du trésor de Délos. Le trésor rassemblé par les Athéniens et leurs alliés pour financer la guerre contre les Perses. »

Daméas devait avoir l'air complètement ébahi, parce que Samion n'attendit même pas qu'il réagisse pour poursuivre :

« Il y a quinze ans, ce trésor, qui était gardé au temple d'Apollon de l'île de Délos, a été transféré au temple d'Athéna, dans la cité des Athéniens. Pour plus de sécurité, il a été réparti entre plusieurs navires. Gorgias, ton père et moi, assurions la protection de l'un d'eux. »

À bout de souffle, il s'arrêta et, prenant la coupe que lui tendait l'esclave, but un peu.

« Malheureusement, reprit-il plus fermement, après notre départ de Délos, le vent s'est mis à souffler si fort que nous n'avons pu tenir le cap. Emportés par les bourrasques, avec des paquets de mer qui balayaient le bateau, nous avons été ballottés parmi les écueils jusqu'à ce que la tempête nous jette enfin sur une île. Minuscule. Déserte. Nous nous sommes comptés... Seulement quatre survivants. Gorgias, Alexos, un vieux prêtre d'Apollon et moi-même. Les amphores dans lesquelles était dissimulé le trésor avaient été projetées sur la plage. Comme le navire était hors d'état de reprendre la mer, nous les avons cachées dans une grotte, et puis nous avons rassemblé les débris de bois et tenté de fabriquer un radeau. Hélas, à chaque fois que nous le mettions à la mer, la tempête se levait et nous empêchait de repartir. Jusqu'à ce que, un soir, le tonnerre de Zeus abatte à nos pieds un oiseau. C'était un signe des dieux. Alors le vieux prêtre l'a sacrifié et il a lu dans ses entrailles que le dieu Apollon était en colère qu'on lui ait enlevé le trésor pour le confier à sa demi-sœur Athéna. Il ne nous laisserait repartir qu'en échange de la promesse de ne pas révéler l'endroit où se trouvait le trésor avant que quatre grandes fêtes d'Apollon se soient passées. »

Daméas ouvrit de grands yeux.

« Les fêtes d'Apollon ? À Delphes ? Les jeux pythiques ?

— Les fêtes de Delphes, confirma le vieil homme. En gage, Apollon gardait sur l'île le vieux prêtre... qui doit être mort aujourd'hui. Trois jeux pythiques se sont déroulés depuis ce temps, et les quatrièmes auront lieu l'an prochain. Nous allions être relevés de notre serment. Nous allions pouvoir enfin révéler au peuple d'Athènes où se trouve son trésor disparu... Malheureusement, Gorgias a trop parlé, et – pire – à des hommes n'ayant aucun respect pour la cité ni pour ses dieux.

— Mon père ne m'a rien raconté de tout ça, je vous le jure !

— Il t'a forcément transmis le secret. Parce que Gorgias n'avait pas d'enfant, que moi non plus, et que nous sommes vieux. Si nous mourrions, il fallait que quelqu'un prenne en charge le secret. L'île ne possédant pas de nom, nous l'avons appelée Phano. Ce nom te dit quelque chose ? »

Daméas reconnut que oui, vaguement, sans arriver à retrouver d'où il le tenait.

« Tu vois... Le... le reste, tu le sais aussi. »

Samion perdit le souffle, ses mains se contractèrent, il s'agrippa à la tunique de l'esclave et articula péniblement :

« Onésimos, sauve-les. »

Et, d'un coup, il s'affaissa, le menton sur la poitrine.

L'esclave étouffa un cri, lança à Daméas un regard plein de désespoir et souffla précipitamment :

« Venez vite ! »

12

Les hommes au serpent

Il y avait une telle foule au marché de Mégare, que les deux hommes furent contraints de laisser leurs chevaux à l'entrée, à la garde d'un petit esclave de la ville, avant de gagner le secteur des légumes.

« C'est lui, chef, indiqua l'un d'eux. C'est bien celui chez qui on a failli coincer les gamins. Il est là, vous voyez, sa femme n'a pas menti. »

Ce paysan était leur dernière chance, parce qu'ils avaient écumé toute la région sans retrouver la trace des gamins. Les hommes qui étaient partis sur Corinthe n'avaient apparemment aucune nouvelle non plus, et, comble de malchance, le nommé Samion n'était pas chez lui.

En reconnaissant son agresseur, le paysan rentra la tête dans les épaules. Il portait encore au front une grosse bosse noirâtre, cuisant souvenir de leur première rencontre.

« Dis donc toi, reprit l'homme, le chef voudrait savoir une petite chose. Tu n'aurais pas eu de nouvelles de nos esclaves en fuite, par hasard ?

— Non, répondit précipitamment le paysan. Je vous jure que non !

— Il jure, ricana l'homme. Heureusement, il sait maintenant vers où ils se sont enfuis... N'est-ce pas ?

— Comment que je le saurais ? fit le paysan d'une voix affolée.

— Tu entends, Hanias, il ne sait pas ! »

Hanias ne répondit pas. Il venait de saisir délicatement sur l'étal de légumes un bien curieux objet, un collier d'amulettes représentant Arès, le dieu de la guerre, en rouge sur fond noir.

« D'où tiens-tu cela ? » interrogea-t-il.

Le paysan se ratatina davantage. Malgré son calme apparent, cet homme était encore plus impressionnant que l'autre. Épaules de taureau, bras gonflés de muscles, le droit orné de trois serpents d'or aux yeux de diamant.

« C'est le plus petit des gosses qui le portait, répondit-il. C'est bien le moins que je le vende, ils m'ont volé mon âne et deux pleins paniers d'olives !

— Ils t'ont volé ton âne ? intervint le premier

homme. Par Zeus, chef, ils ont un âne ! Il faut chercher des gosses avec un âne ! Comment elle était, ta bête ?

— Grise, avec une raie noire sur le dos.

— Tu entends, Hanias ? »

Mais l'homme aux trois serpents ne semblait pas se passionner pour l'âne. Balançant pensivement le collier au bout de son doigt, il murmura :

« Incroyable ! C'est lui...

— De quoi est-ce que tu parles ?

— De mon fils. Le bébé que j'ai exposé... Ce collier est à lui.

— Quoi ? Le petit ? Le petit serait ton fils ?

— À ce qu'il paraît. Stupéfiant, hein ? Pour une surprise, c'est une surprise. Un signe des dieux, si tu veux mon avis. »

Les dieux, jusqu'à présent, Hanias ne s'en était guère préoccupé. En réalité, il n'imaginait pas qu'ils puissent avoir la moindre raison de lui donner un coup de pouce dans des activités si peu en accord avec la loi. Cependant, un hasard pareil... Tomber sur son propre fils !

Mais après tout, les dieux étaient sans doute bien placés pour le comprendre, eux qui passaient leur temps à se battre, à convoiter le pouvoir, à tramer des complots, à se voler les femmes...

Ainsi le gamin s'en était tiré et, en plus, sans même être réduit en esclavage. Les dieux le lui avaient gardé au chaud, en quelque sorte, pour le lui rendre au bon moment.

« Pourquoi l'avais-tu exposé ? s'enquit son compagnon. C'est un garçon et tu n'as pas d'autre fils.

— Ma femme était morte, qu'est-ce que tu voulais que j'en fasse ? (Hanias le prit par le bras pour s'éloigner du paysan.) Tu te rends compte ? Si le petit est mon fils, ça change tout, on a un moyen de pression sur les aînés ! »

Il y avait un autre avantage, dont il ne parla pas : celui de récupérer un héritier qui pourrait assurer le culte des ancêtres après sa mort.

« Si les dieux sont avec nous, reprit-il, ils ne vont pas nous lâcher comme ça. On ne va pas tarder à remettre la main sur les petits malins. Mon gamin, il ne faudra pas trop me l'abîmer, hein ! Dans un premier temps, si on doit en torturer un, ce ne sera pas lui, compris ? Pas question de renouveler vos idioties. Suffit de m'avoir bêtement tué Alexos et sa femme.

— Mais ils s'étaient mis à hurler, ils allaient alerter tout le monde !

— Eh bien à présent, ils n'alerteront plus personne, coupa sèchement Hanias. Et ils ne nous diront pas non plus ce que nous voulons savoir. On avait aussi Gorgias et...

100

— Gorgias, c'était un accident, chef, on voulait juste lui faire peur.

— Accident ! lâcha Hanias avec mépris.

— Il nous reste les enfants, et ce Samion. Eh ! Regarde, là-bas ! C'est Kléon, non ? J'espère qu'il apporte de bonnes nouvelles. »

« On tient Samion ! annonça le nouveau venu en les rejoignant. Il est de retour de voyage.

— Il a parlé ?

— Pas encore, mais ça viendra. On y va doucement parce qu'il n'a pas l'air très résistant. On lui a accordé quelques heures de répit, et j'en ai profité pour venir vous avertir. Lykios le surveille. Il y a une chose qui m'inquiète un peu, c'est qu'on n'a pas vu Callistène depuis trois jours. On se demande où il est passé. À toujours travailler en solitaire, il va finir par se faire avoir.

— Espérons qu'il a retrouvé la piste des gosses, dit Hanias.

— Donc, ici, toujours rien ? en conclut Kléon.

— On a quand même découvert qu'ils voyagent avec un âne.

— Un âne ? Par le dieu des enfers, je parie que c'était eux ! On les a vus hier se diriger vers Corinthe !

— Quoi ? s'exclama Hanias. Il n'y a pas un instant à perdre. Tout le monde au *diolcos*. Toi,

Kléon, tu reprends immédiatement la piste des gosses vers Corinthe. Nous deux, on s'occupe de Samion. S'il n'a pas parlé, il parlera, faites-moi confiance. »

13

La ruse de l'esclave

Je suis fatigué, je suis trop fatigué. Je voudrais dormir. Je voudrais rentrer dans le panier et devenir tout petit. Alors plus personne ne me verrait, et je pourrais pleurer. Ou alors je ne pleurerais plus, parce que mes yeux seraient trop minuscules pour les larmes.

Je serre dans ma main les nouvelles amulettes que Daméas m'a fabriquées. Rien que des animaux ou des objets qui représentent des dieux, pour que je sois bien protégé. Il y a une chouette pour Athéna, une colombe pour Aphrodite, un épi de blé pour Déméter, un trident pour Poséidon, et un aigle pour Zeus. Elles sont belles, mais je préférais mes vieilles, parce que mes vieilles, c'est maman qui me les avait accrochées au cou.

Maintenant, je sais pourquoi elle tenait tellement à ce que je ne les quitte pas : je dois les porter pour si mes vrais parents voulaient me retrouver un jour. Parce que je suis un enfant essposé, je l'ai bien vu dans les yeux de Néèra quand elle m'a dit que ce n'était pas vrai. Néèra, elle ne sait pas du tout mentir. Les filles, c'est fait pour consoler les enfants quand ils ont du chagrin, seulement, moi, je ne peux plus pleurer. Parce que je suis un essposé et que si les autres en ont marre de moi, ils me vendront comme esclave.

C'est pour ça que j'ai eu tellement peur quand Onésimos m'a emmené en me disant de faire comme si j'étais un enfant qui allait à l'école avec son pédagogue[1]. Je croyais que Daméas et Néèra m'avaient abandonné et ça a été affreux.

Onésimos m'a déposé dans le bateau, et je suis resté là longtemps. Et puis les autres sont arrivés, et j'ai été drôlement soulagé. D'abord Daméas avec Chrysilla, puis Néèra, par un autre chemin, pour qu'on ne les voie pas ensemble. Je leur aurais bien sauté au cou, sauf qu'on m'avait

---

1. Esclave chargé de suivre les études des enfants.

ordonné de ne pas bouger un cheveu, et que j'avais trop peur de ce qui arriverait si je désobéissais. Il faut que je sois très sage et raisonnable, et que je ne pleure plus jamais.

Ça, c'est le plus difficile puisque, même Daméas, qui fait le malin et se croit très fort, a pleuré l'autre nuit. Il avait eu un cauchemar, il criait, et Néèra a été obligée de le réveiller. Elle lui a demandé ce qui lui arrivait, et il a répondu qu'il avait vu papa et maman assis tristement sur le bord du fleuve de la mort parce qu'il n'avait pas pu leur mettre dans la bouche l'obole pour payer Charon.

Charon, je le connais : c'est le passeur qui fait traverser le fleuve des Enfers aux âmes des morts. Et ça veut dire que papa et maman sont entrés dans la terre, comme grand-père et tante Arsinoé. Ils ne sont plus dans notre maison de là-bas.

Je pense aux petits personnages en argile que papa a fabriqués, et qui nous représentent, Daméas, Néèra et moi. Daméas en train de courir au stade (Daméas est un très bon coureur), Néèra jouant au cerceau, et moi qui caresse ma belette. Maintenant, on est tout seuls là-bas dans la maison. Et on a peur.

Ça secoue, ça secoue. Daméas m'a dit que je ne dois pas bouger. Je suis coincé entre deux amphores, bousculé comme un olivier à la cueillette, avec le soleil qui me cuit, et sans pouvoir ouvrir la bouche. Pour me distraire, je regarde ce qui est écrit sur les anses des amphores. Je ne sais pas lire, puisque je ne vais pas encore à l'école, mais le sceau de cire, je le reconnais : c'est celui qui marque le vin de Rhodes que papa et maman achètent toujours.

De penser à eux, ça me fait dur, mais les larmes ne coulent pas. Peut-être parce qu'il fait trop chaud et qu'elles s'évaporent en dedans. Ce qui me fait le plus triste, c'est d'être un essposé. Pour me consoler, je pense que ma statuette qui caresse la belette est posée sur la table de la salle avec les autres, alors ce n'est pas trop grave.

Le bateau arrête de bouger et Onésimos nous chuchote de sortir. Je relève un peu la tête et je vois qu'il y a la mer, et aussi, autour de nous, les marins de ce bateau où on s'est cachés pour s'enfuir sans être vus.

Évidemment, les marins sont étonnés.

« Qu'est-ce qu'ils font là, ces gamins ?

— On joue à cache-cache, répond Daméas, il ne faut pas que nos copains nous trouvent. »

Nos copains, tu parles !

Daméas sort les paniers, Onésimos détèle Chrysilla qu'il avait mise à tirer avec les mulets pour qu'on ne la remarque pas, et les marins poussent le bateau sur la mer.

Ici, il y a aussi des bateaux qui attendent pour passer l'isthme dans l'autre sens, mais on n'a pas le temps de rester les regarder. Onésimos a dit de longer la mer, alors on longe la mer. Je ne sais pas pour aller où.

Avec l'argile qu'il a achetée, Daméas fabrique des lampes à huile tout en marchant. Comme ça, on croit qu'il est potier. De temps en temps, je jette un coup d'œil sur le poignard qu'il porte à la ceinture, et qu'il a aussi eu avec l'argent qu'Onésimos lui a donné. Les bandits, ils n'ont pas intérêt à nous attaquer, parce que Daméas, il est très fort.

On a baigné nos pieds dans l'eau, et puis on s'est lavé parce qu'on était en sueur. Il paraît que la nouvelle mer où on se trouve s'appelle *Golfe de Corinthe*. Ce n'est pas une grande mer, on voit très bien les montagnes de l'autre côté. Daméas raconte ce qu'a dit Samion, sans m'envoyer jouer ailleurs pour m'empêcher d'écouter. Alors je m'assois très droit, et je fais le visage de statue, pour qu'il s'aperçoive que je suis grand et sérieux.

« Phano ? » dit Néèra tout d'un coup. Mais c'est le nom de ma poupée !

On est tous étonnés que l'île s'appelle comme sa poupée. Alors on cherche ce qu'on sait d'autre, mais papa ne nous a jamais parlé d'île. On essaye de se rappeler des choses ou des mots, sans rien trouver

Il paraît qu'il faut qu'on garde le secret qu'on ne connaît pas pendant encore un an, jusqu'aux prochains jeux pythiques. Si on doit marcher encore pendant un an, j'aime mieux mourir tout de suite et aller rejoindre papa et maman.

Daméas dit que, sûrement, papa ne voulait rien nous raconter parce qu'on aurait été tentés de le répéter aux copains pour se faire mousser. Il pensait que, s'il avait un problème, on irait chez Gorgias qui nous dirait le reste et nous protégerait. Seulement Gorgias est mort, Samion est mort, tout le monde est mort. Sauf nous.

Le soir est venu sans qu'on s'en aperçoive. On est toujours assis dans une cachette au milieu des rochers, à réfléchir. Mais moi, je peux plus réfléchir.

À un moment, Chrysilla dresse ses oreilles, elle tend la queue vers l'arrière et elle pince ses naseaux. Ça veut dire qu'elle va se mettre à braire, et ça ne rate pas. Je me lève vite pour la calmer, et c'est là que je le vois. Un monsieur très grand avec un cheval. Je n'ai pas le temps de prévenir les autres, parce qu'il tombe aussitôt par terre et que le cheval s'enfuit au galop. Et dans les rochers, je vois un autre monsieur.

14

Un sauveur inquiétant

Le deuxième homme se pencha sur celui qui était à terre et poussa un juron. Nééra se releva vivement. Debout, tendu, son frère serrait fermement son poignard dans sa main, l'air décidé à se battre. Elle aussi, elle était capable de se battre, de griffer et de mordre, elle ne se laisserait pas attraper sans réagir.

L'homme penché se redressa. Pas vraiment un homme, d'ailleurs, juste un éphèbe – seize ou dix-sept ans. Pieds nus, crasseux, manteau sordide. Il ne portait pas de serpent au bras.

« Par Zeus, ce n'est pas lui, grinça-t-il en arrachant le javelot planté dans le corps de sa victime.

« — Qui es-tu ? questionna sèchement Daméas sans quitter sa position de défense.

— Au lieu d'aboyer, fit l'autre, tu ferais mieux de me remercier. J'ai tué ton ennemi.

— Quel ennemi ?

— C'est à toi de me le dire. Un homme avec un serpent d'or au bras. »

Néèra lança un regard plein d'effroi vers le corps qui gisait dans l'herbe. On avait retrouvé leur trace ! Daméas semblait aussi abasourdi qu'elle. Il demanda avec méfiance :

« Et pourquoi nous aurais-tu sauvés ?

— Mon projet n'était pas de vous sauver, si ça te rassure. En voyant un homme vêtu d'une peau de bête comme un hilote, j'ai cru que c'était celui que je cherchais. Je n'avais pas vu que la peau était de l'ours, et non de la vulgaire chèvre. En tout cas, celui-là s'apprêtait visiblement à vous tomber dessus. S'attaquer à des gamins... À mon avis, il méritait son sort. »

Néèra observait le jeune homme avec surprise. Il était grand, mince, musclé et, malgré sa saleté, son visage paraissait assez beau. Le bandeau qui retenait ses cheveux avait autrefois dû être rouge.

Une fille ne devait pas adresser la parole à un garçon, et encore moins à un inconnu, cependant elle ne put s'empêcher de dire :

« Tu nous as sauvé la vie, tu as droit à notre gratitude. »

Daméas lui lança un regard noir, sans doute à la fois furieux qu'elle ose ouvrir la bouche, et vexé par le terme « gamins » que l'étranger avait employé. Nééra était consciente qu'elle donnait une image déplorable des filles, de son éducation, mais rien ne pouvait plus la retenir. Sans qu'elle sache pourquoi, ce jeune homme lui apparaissait comme une planche de salut dans une mer déchaînée.

« Qui cherches-tu ? » demanda-t-elle en essayant de contrer le rougissement de honte qui montait.

Daméas la tira en arrière et lui souffla avec colère :

« Une fille ne pose pas de questions. Et tu ne vois pas son manteau ? Court et pourpre : c'est la chlamyde des Spartiates, nos pires ennemis !

— Pour l'instant nous sommes en paix avec eux, et celui-ci nous a sauv...

— Tais-toi ! On croirait que tu as été élevée dans la rue.

— Arrête de t'énerver, s'interposa Stéphanos avec de la terreur dans la voix, tu fais peur à Chrysilla ! »

Le jeune homme se mit alors à ricaner :

« Je vois. Vous êtes des Athéniens. »

Le ton était narquois et Daméas se rebiffa :

« Ça te dérange ?

113

« — Non. C'est juste que je n'ai encore jamais vu aucun représentant de ces décadents.

— De qui parles-tu ? reprit Daméas d'un ton plein de menace.

— De ceux qui passent leur temps en parlotes au lieu de forger leur corps pour la guerre.

— Je m'entraîne au gymnase chaque jour, et je te défie à la course quand tu veux !

— Tu veux te mesurer à moi ? Méfie-toi, je suis le meilleur à la course en armes. Te sens-tu capable de courir deux stades avec cuirasse, jambières, casque et bouclier ? »

Daméas n'avait jamais couru en armes, ce qui ne l'empêcha pas de répliquer :

« Je relève le défi ! »

Néèra intervint vivement :

« Vous n'allez pas vous disputer dans la situation où nous sommes !

— Quelle situation ? » interrogea le Spartiate.

Daméas lança à sa sœur un nouveau regard furibond et l'écarta du bras en grondant :

« Il en va de l'honneur de notre cité. Les filles n'ont pas à s'en mêler, reste en dehors de ça !

— Et pourquoi resterait-elle en dehors ? ricana le Spartiate. Vous autres Athéniens, vous gardez vos femmes à la maison comme des bibelots. Si vous êtes menacés, il serait plus utile qu'elle sache lancer le javelot que tresser des couronnes de fleurs.

— Je n'ai pas à recevoir de leçons d'un mangeur de brouet noir[1] », siffla Daméas entre ses dents.

Et il cracha par terre.

« Du brouet noir, ce n'est évidemment pas pour toi, se moqua le Spartiate. On ne peut en manger qu'après avoir pris un bain glacé, et vous, mollusques d'Athéniens, êtes bien incapables de ça. Je ne me bats pas contre un gosse.

— J'ai treize ans ! hurla Daméas en brandissant son poignard. Si tu ne te bats pas, c'est que tu as peur ! »

Le jeune homme leva son javelot d'un air menaçant en même temps qu'il enroulait en un geste rapide et efficace sa chlamyde autour de son avant-bras, en manière de bouclier. Néèra vit qu'il ne plaisantait pas, et qu'il faisait un guerrier autrement redoutable que son frère.

« Arrêtez, s'interposa-t-elle. (Elle fixa son frère dans les yeux.) Tu n'as pas le droit de risquer ta vie, Daméas ! »

Le garçon émit entre ses dents un sifflement méprisant, puis il tourna le dos, rengaina son poignard avec colère et commença à charger l'ânesse.

Le Spartiate rabaissa son arme, l'air légèrement intrigué.

---

1. Les Athéniens prétendaient que le courage des Spartiates leur venait de ce plat à base de porc, si répugnant qu'il leur ôtait l'envie de vivre.

Néèra l'observait sans rien dire. Enfin, n'y tenant plus, elle s'enquit :

« Chez vous, les femmes ne restent pas à la maison ?

— Elles s'entraînent au stade tout comme nous.

— En montrant ignoblement leurs cuisses ! grimaça Daméas d'un air dégoûté.

— Mais alors, reprit Néèra, si les filles s'entraînent, elles peuvent aussi courir et lancer ?

— Évidemment. Une femme doit savoir se défendre. Et, en plus, si elle est solide, elle donnera à la cité des enfants solides.

— Ça suffit comme ça, coupa Daméas. Allons-nous-en. »

Néèra ramassa son manteau sans oser protester. À Athènes, on traitait les filles d'incapables et, pourtant, on ne leur donnait jamais la possibilité de s'améliorer. On disait qu'elles n'étaient sur terre que pour servir les hommes et mettre au monde leurs enfants, et que les dieux avaient décidé de les vouer aux travaux domestiques. D'ailleurs, pour signaler leur naissance, c'est un morceau de laine, qu'on attachait à la porte.

Elle aurait bien voulu poser d'autres questions, mais il y avait plus urgent. Elle se tourna vers le Spartiate.

« Tu pourrais peut-être nous aider, dit-elle très vite en évitant de regarder son frère. Nos parents sont morts, nous avons dû nous enfuir et des hommes nous pourchassent. Si toi-même tu recherches un ennemi...

— Tu es folle ! » fulmina Daméas.

Mais Néèra avait eu trop peur, et pendant trop longtemps, sur ces routes. Elle ne voyait pas comment ils s'en sortiraient seuls. Ce jeune homme venait de loin, il n'avait rien à voir avec les hommes aux serpents, et son visage lui inspirait confiance. Inconvenance ou pas, si elle ne parlait pas, il s'en irait. Or elle ne voulait pas qu'il s'en aille. Il semblait fort et courageux, et s'il acceptait de les aider...

« Je m'appelle Néèra, poursuivit-elle vaillamment, je suis née la troisième année des 82e jeux olympiques[1]. J'ai onze ans. Et toi ? »

Daméas lui plaqua violemment la main sur la bouche en lui soufflant à l'oreille :

« Qu'est-ce qui te prend, pauvre idiote ! Personne ne doit savoir qui nous sommes ni ce que nous faisons. »

De plus en plus intrigué, le jeune homme les observa un moment.

« Mon nom est Talos, dit-il enfin. Et je ne vois pas ce que je ferais pour toi. À ce qu'il prétend, ton frère est capable de te défendre. De toute façon, je voyage seul, je suis engagé dans ma cryptie.

1. Correspond à l'an 450 avant J-C.

— Qu'est-ce que c'est ?

— L'épreuve qui forge les hommes. Bien sûr, vous, les Athéniens... (Il ne finit pas sa phrase.) Pour devenir guerrier, j'apprends à survivre par mes propres moyens. Je suis exilé sans argent, sans nourriture, et je donne la chasse aux hilotes que je rencontre la nuit. Il faut que j'en tue au moins un. »

En prononçant ces mots, il posa la main sur la petite épée courbe qu'il portait à la ceinture.

« Celui que j'avais choisi a fui, reprit-il. Je le poursuis et je le retrouverai. Même si je dois pour cela arpenter le monde entier.

— Que sont les hilotes ? s'informa Néèra.

— Ils ne sont rien. Qu'une insulte pour les yeux. Des insignifiants qui peuplaient le territoire de Sparte avant l'arrivée de mon peuple. Ils ont été honteusement vaincus, ils sont esclaves, c'est justice.

— Et que t'a fait celui que tu poursuis ? »

Talos eut une grimace ironique.

« Me faire ? Rien, encore heureux !

— Et tu veux le tuer ?

— C'est mon devoir. Si on ne rappelle pas à un homme son état d'infériorité, il risque de l'oublier. Il faut le maintenir dans la terreur. Ces moins-que-rien ont déjà la chance que nous, Spartiates, ne puissions nous abaisser à travailler de nos mains, et que nous ayons besoin d'esclaves.

— Votre cité vous demande de tuer un homme sans défense ? insista Nééra. Est-ce qu'elle veut faire de vous des sauvages ? »

Talos lui jeta un regard plein de mépris.

« La terreur, seule, empêche l'esclave de se révolter. Nous sommes le peuple le plus pur, le plus courageux, le plus uni. Notre nom est redouté bien au-delà des frontières. Nos guerriers sont craints et enviés par tous les peuples. Tu n'as pas à juger, tu n'as pas à penser. Les Athéniens ne sont rien. »

Sans un salut, il tourna le dos et disparut dans le crépuscule.

Daméas empoigna Nééra par l'épaule pour qu'elle se taise, mais elle n'avait plus envie de retenir le jeune homme. Son frère avait raison, un Spartiate était peut-être encore plus dangereux que l'ennemi qui les poursuivait, puisqu'il était capable de tuer sans raison. Il ne les avait sauvés que par le plus pur des hasards. C'était leur déesse Athéna qui avait armé son bras, comme elle avait mis Onésimos sur leur route, et l'ânesse. Athéna veillait sur eux. Ils n'avaient plus ni père ni mère, elle était désormais leur seule et unique protectrice. Pourvu qu'elle ne les abandonne pas !

« Il ne faut pas rester ici, déclara Daméas. Trois hommes sont morts, il y en a peut-être d'autres.

— Ils étaient trois à la maison, déclara Néèra, et le chef a parlé de deux qui surveillaient la porte de l'atelier.

— Ça fait cinq. Il en reste donc deux. »

Néèra leva les yeux et regarda vers la mer, vers les montagnes qui se découpaient de l'autre côté.

« Si cette mer est le golfe de Corinthe, dit-elle soudain, Delphes se trouve dans ces montagnes. Delphes, le sanctuaire d'Apollon ! Apollon est le frère d'Athéna, et cette affaire de trésor les concerne tous deux. Notre déesse nous a guidés vers lui, il faut aller là-bas ! »

Daméas la regarda avec stupéfaction.

« J'y avais pensé aussi, répliqua-t-il très vite. Surtout que c'est à Delphes qu'ont lieu les jeux pythiques. »

Il n'y avait pas pensé, Néèra en était certaine, cependant il valait mieux que la décision semble venir de lui. Elle ajouta :

« Et puis à Delphes, il y a la Pythie. On pourrait la consulter. Elle nous dira ce qu'Apollon veut de nous.

— Ne restons pas là, conclut Daméas en attrapant la longe de l'ânesse. Il faut trouver au plus vite un port, et un passeur. »

Ils s'éloignèrent rapidement du corps de cet

homme qu'ils n'avaient même pas eu le courage d'aller voir de près.

Dans leur hâte de fuir avant la nuit noire, aucun d'eux ne s'aperçut que, du creux des rochers, des yeux les surveillaient.

15

La parole de l'oracle

Néèra fut réveillée brutalement par Stéphanos qui la secouait. Il faisait à peine jour.

« Chrysilla n'est plus là, Chrysilla n'est plus là ! »

Néèra leva la tête. Seuls les paniers posés sur le sol indiquaient encore l'endroit où ils avaient attaché l'ânesse la veille au soir.

« Elle est allée manger un peu plus loin », le rassura-t-elle.

Mais le gosse ne semblait pas y croire.

« Elle pouvait pas, elle était attachée ! »

Il avait crié si fort que Daméas bondit sur ses pieds en tirant son poignard.

« Daméas, reprit Stéphanos d'un ton désespéré, on nous a volé Chrysilla. Viens vite la chercher !

— La chercher ? Non... Non. Si on nous l'a volée, elle est loin. Et qui l'a volée, hein ? Il faut filer d'ici au plus vite, prendre le bateau pour Delphes et se mettre sous la protection d'Apollon. (Il jeta son manteau sur ses épaules et l'agrafa rapidement sur la gauche.) Et arrête immédiatement de pleurer ! »

Il y avait dans sa voix une telle menace que Stéphanos ravala ses larmes d'un air terrifié.

Tandis que Daméas hissait sur son dos le panier contenant l'argile, Néèra ramassa l'autre, où ils conservaient un peu de pain, les figues qu'ils avaient cueillies en route, la lyre et le petit bateau de Stéphanos. Cela lui rappela le bateau transportant le trésor de Délos, et qui s'était échoué sur une île portant le même nom que sa poupée. Et, pour la première fois, elle se demanda s'il n'y avait pas un rapport entre les cadeaux de Gorgias et le secret.

Le port était encombré de pèlerins à destination de Delphes, et ils purent se glisser dans la foule avec discrétion. Pour payer leur passage, ils avaient vendu à un potier qui les cuirait les lampes à huile modelées par Daméas.

Stéphanos regardait s'éloigner la côte avec une telle détresse que Néèra en fut émue. Elle aussi s'était attachée à Chrysilla, mais il était sans doute préférable pour eux de ne plus l'avoir. Si cet homme au serpent les avait retrouvés, c'est que quelqu'un avait parlé. L'esclave ? Un marin ? En tout cas on savait sûrement qu'ils voyageaient avec un âne.

Elle caressa les cheveux de Stéphanos avec la conscience aiguë que c'était grâce à sa présence qu'ils arrivaient à se montrer fort. Si elle ne s'effondrait pas, si elle ne sanglotait pas sur la perte de l'ânesse, c'est parce qu'il le faisait, lui. Il portait sur ses épaules tout leur chagrin, leur peur, leur désespoir.

« Dors, souffla-t-elle, les dieux nous protègent. »

Oui, elle était certaine. Car leurs trois poursuivants étaient morts à peu près de la même manière, par surprise, et au moment où ils allaient leur tomber dessus. Et chaque fois par une arme étrangère : le sabot d'un âne, la broche d'un esclave, le javelot d'un Spartiate. Quand elle l'avait fait remarquer à Daméas, il avait pris l'air maussade, comme si elle lui reprochait quelque chose, comme s'il était vexé que l'ennemi ne soit pas mort de sa main.

Elle allongea son petit frère à l'avant du bateau et lui posa la main sur le front. Elle voyait bien qu'il luttait si violemment contre les larmes qu'il en était épuisé.

J'ai fait un cauchemar affreux. J'étais tout seul, couché dans une marmite de terre, et j'entendais des rats qui s'approchaient en couinant. J'ai très peur des rats. Heureusement, maman arrivait, me prenait dans ses bras et elle chantait pour me rassurer.

J'ouvre les yeux. Je ne suis pas dans les bras de maman, je suis toujours dans ce bateau qui tangue. La voix, c'est celle de Néèra. Elle chante ma chanson, celle de la forge du dieu. C'est pour ça que j'ai rêvé de maman.

> *Le troisième est monté*
> *Très haut dedans l'ciel,*
> *Et ce qui est r'tombé,*
> *C'est l'soleil.*

Daméas doit être furieux, il ne veut pas qu'elle chante pour gagner de l'argent, parce que ce n'est pas « digne d'une jeune fille convenable ». Ils se sont déjà disputés plusieurs fois à ce sujet. Seulement, de l'argent, il en faut pour manger.

Je m'en fiche, je n'ai pas faim. On a perdu Chrysilla.

Le chemin qui grimpe sur le flanc de la montagne est trop raide, je n'en peux plus. Il y a un monde fou, beaucoup de pèlerins qui viennent interroger la pythie. Néèra dit que la pythie est une dame qui connaît tout du passé et de l'avenir. Elle est l'oracle d'Apollon, ça veut dire qu'elle répond de la part du dieu à ceux qui posent des questions. Nous, on va en poser une, de question, mais je ne sais pas laquelle.

Dans la foule, on n'a vu personne avec un serpent d'or au bras, et pas non plus Chrysilla. Pourtant, je suis sûr qu'elle finira par arriver ici, parce que Delphes est le pays où les ânes sont sacrés.

On marche, on marche. À un moment, on traverse un endroit couvert de tentes de pèlerins. Nous, on n'a pas de tente, on doit coucher dehors. C'est toujours mieux que de loger chez des traîtres comme le paysan.

La montagne, là-bas, s'appelle le Mont Parnasse, un pèlerin nous l'a dit. J'ai beau le regarder de tous mes yeux, je ne vois pas les muses qui y habitent. Peut-être qu'elles ont été obligées de partir de chez elles. Peut-être que des bandits les poursuivent.

Quand on arrive au sanctuaire accroché sur la pente, on reste muets tellement c'est grand et beau. Nééra m'explique qu'au début des temps, Zeus a lâché deux aigles aux deux extrémités de la terre, et qu'ils se sont croisés ici. C'est comme ça qu'on sait que Delphes est le centre du monde.

Si la pythie est assise sur le centre du monde, sûr qu'elle va pouvoir nous aider, parce qu'elle entend ce qui vient de partout. Le problème, c'est que le pays appartenait autrefois à un serpent nommé

Python, et que le dieu Apollon l'a tué et l'a enterré ici : il est sous le grand temple. C'est à cause de ce serpent qu'on appelle "pythie" la dame qui parle pour le dieu, et ça ne me rassure pas. J'aime bien les animaux, mais pas les rats ni les serpents. Et j'ai peur que la pythie ressemble à un serpent.

Le bord du sanctuaire est plein d'étals de marchands qui vendent des objets sacrés. Daméas ne veut pas en acheter. Il paraît qu'on n'a pas assez d'argent. Il y a aussi une boutique de pâtissier tenue par un esclave qui porte autour du cou une très grande collerette de fer. C'est pour l'empêcher d'atteindre sa bouche avec ses mains et de manger ses gâteaux. Moi, si j'étais pâtissier, je dévorerais tout au fur et à mesure.

Pas aujourd'hui, bien sûr, parce que je n'ai pas faim.

On passe la grande porte du sanctuaire et on s'engage sur les dalles de la Voie Sacrée qui grimpe en lacets. Partout, il y a des statues. Un énorme taureau, et puis des chevaux, des cygnes, des lions et même un sphinx. Apollon est comme moi, il aime les animaux. Néèra me dit qu'un jour, il s'est fâché contre le roi Midas et lui a changé les oreilles en oreilles d'âne. D'âne ! Alors, sûr qu'il va me retrouver ma Chrysilla. D'ailleurs, elle nous a été envoyée par les dieux pour nous sauver. Je ne sais pas ce qu'ils ont dans la tête, les dieux, pour nous avoir repris Chrysilla, mais il faut qu'ils me la rendent vite, parce que ça me fait trop vide.

Daméas regarde les temples pleins de couleurs, les chars, les guerriers, les athlètes et fait remarquer que tout ça a été offert à Apollon pour le remercier, et que ça démontre que ce dieu a un très grand pouvoir. J'espère qu'il nous aidera.

Aïe ! Je me suis affalé par terre. C'est que je me suis pris les pieds dans un vieux monsieur qui venait de tomber. Daméas l'aide à se relever en s'excusant pour moi. Personne ne me demande si je me suis fait mal. Heureusement, le vieux monsieur n'a pas l'air fâché, et explique que l'accident est arrivé parce qu'il y a trop de monde aujourd'hui.

« Ce n'est pas tous les jours comme ça ? demande Daméas.

— Non. C'est qu'on est le 7, le jour de la pythie. Comme elle ne parle qu'une fois par mois, ça se bouscule. »

Il ajoute que, en plus, la pythie est dans un jour favorable : ce matin, la chèvre du sacrifice a tremblé quand on lui a jeté de l'eau froide, et ça signifie que le dieu accepte de répondre aux questions.

On a une sacrée chance, et Daméas a l'air drôlement soulagé. Du coup, il s'arrête devant un petit temple rempli de casques et d'armes, et il m'explique qu'il s'appelle *Le Trésor des Athéniens* et qu'il a été construit par notre cité pour remercier Apollon après la victoire de Marathon. Toutes ces armes sont celles des Perses qu'on a vaincus. Notre cité est riche, c'est pour ça qu'elle ne se contente pas d'offrir une simple statue. »

C'est la première fois que Daméas m'explique quelque chose, alors, pour montrer que je suis bien attentif, je dis :

« Nous aussi on a un trésor, mais pas le même genre. Il est dans des amphores, et on sait pas où. »

Il me lance un regard à me foudroyer sur place. Je n'ose plus respirer. Les larmes me montent aux yeux et ça m'affole, parce que je n'arrive pas à les retenir !

Heureusement, Nééra me montre soudain du doigt le sommet du sanctuaire.

« Regarde ! Tu vois la statue, près du grand temple ? (Le picotement de mes yeux s'arrête. La statue est immense et brille comme le soleil.) Elle représente le dieu Apollon avec une lyre sur le bras. Tu as vu ses cheveux ? Ils sont très noirs et tout bouclés, comme les tiens. Il te ressemble, non ? »

Je suis très fier, mais je n'ouvre pas la bouche.

On est assis depuis des heures sur le parvis du temple, à attendre. Il y a beaucoup de gens qui veulent poser des questions à la pythie, et on n'aura notre tour que lorsque l'ombre du cadran solaire mesurera quinze pieds. Pour tuer le temps, Néèra me lit ce qui est écrit sur le mur du temple : « Connais-toi toi-même », « Rien de trop », des choses comme ça. Dans les inscriptions des temples, on ne comprend jamais rien.

Enfin, c'est notre tour. Le prêtre nous demande notre offrande. On ne savait pas qu'il fallait donner quelque chose. Daméas montre alors tout ce qu'on a : la lyre, le pinceau et le bateau en bois. Le prêtre choisit le bateau. Je me mords la lèvre pour ne rien dire. C'est MON bateau. Ensuite, le prêtre se renseigne sur notre question, et Daméas répond :

« On voudrait que l'oracle nous dise ce qu'on sait. »

Évidemment, ça paraît très bizarre, comme question, et le prêtre a l'air étonné. Enfin il répond que le dieu acceptera sûrement notre demande et il nous fait signe de le suivre, à Daméas et à moi. Pas à Néèra. Les filles n'ont pas le droit d'entrer dans ce temple.

On attend d'abord dans une grande salle pleine de vases en or, d'instruments de musique, de plaques gravées et de statues qui nous surveillent. J'ai les jambes qui tremblent et je m'appuie un peu sur un fauteuil en fer. Aussitôt, un gardien sort de derrière un pilier et me dit qu'il est interdit d'y toucher, qu'il a appartenu au poète Pindare et qu'il s'agit d'une offrande. Je n'ose plus bouger.

Enfin le prêtre revient et nous annonce que la pythie a accepté le cadeau et qu'on doit le suivre. On descend dans un souterrain qui sent mauvais et on s'arrête devant un rideau. J'ai une trouille noire et envie de faire pipi.

La pythie, je ne saurai jamais si elle a une tête de serpent : on ne la voit pas, elle est cachée dans une caverne. Daméas pose sa question d'une voix un peu tremblante. Il y a d'abord un grand silence, et puis on entend un grognement à flanquer la chair de poule. J'espère que ce n'était pas la réponse, parce qu'on n'a rien compris.

On attend encore un moment et, enfin, le prêtre nous rejoint. Il tient à la main une amphore miniature et la tend à Daméas en disant :

« J'ai traduit la réponse et je l'ai inscrite sur un papyrus. Notre pythie a exigé qu'elle vous soit présentée ainsi, dans cette amphore. Ne me demandez pas pourquoi, je l'ignore. »

Je suis stupéfait : le prêtre ne le sait pas alors que moi, si ! La pythie a donné une amphore pour la raison que notre trésor se trouve dans des amphores, et que la pythie voit tout sans qu'on ait besoin de lui expliquer.

On remonte vite vers le parvis du temple. Là, Daméas sort le petit morceau de papyrus et le montre à Néèra. Il se moque souvent d'elle, mais il aime bien avoir son avis. Les filles servent à aider les garçons quand les autres ne le voient pas.

On se penche sur le papyrus. Daméas lit :

« Ce que vous savez appartient à Apollon et à Céramos. »

Je regarde les autres. Ils n'ont pas l'air de comprendre plus que moi.

16

Surprise

Talos avait refusé son aide aux Athéniens, il lui était difficile de revenir en arrière et, pourtant, quelque chose l'intriguait dans leur histoire, quelque chose qu'il aurait bien aimé tirer au clair. C'est pour cela qu'il avait volé l'ânesse. Pour pouvoir renouer contact avec eux.

Il semblait y avoir un lien entre la mort de leurs parents et le fait qu'on les pourchasse. Pourquoi la mort de leurs parents les avait-elle obligés à quitter Athènes ?

Lui, c'est à peine s'il savait que sa mère était toujours vivante, et il ne l'avait guère revue depuis son septième anniversaire, date à laquelle il n'avait plus appartenu à sa famille, mais à l'État.

Il ne prétendait pas qu'il n'y pensait jamais car, malgré tout, il en gardait un souvenir assez doux. Bien sûr, sa mère et sa nourrice l'avaient élevé strictement, ainsi qu'elles le devaient, en lui apprenant le courage et l'abnégation – ne pas avoir peur du noir, supporter la solitude, ne jamais se plaindre –, néanmoins elles mettaient dans leurs rapports avec lui une certaine affection, qu'il n'avait plus connue par la suite. Car, après ces sept premières années à l'abri, était venu le temps des apprentissages, des coups de fouet, de la faim et du froid, des exercices physiques jusqu'à en tomber inconscient. Obéir, supporter, vaincre. Pas de place pour les faibles. Maintenant il pouvait rester des jours sans manger, marcher nu en plein hiver et se moquer de la douleur. Il serait bientôt un véritable guerrier, l'honneur de sa cité. Comme son père.

Aujourd'hui, sa famille, c'étaient ses compagnons ; et sa mère, Sparte. La cité décidait de son destin, il lui offrait sa vie. Si l'homme se doit d'honorer ses ancêtres, il n'aime que sa cité. Alors cette histoire de parents morts et de fuite l'étonnait. D'autant que le garçon semblait vouloir protéger un mystérieux secret.

Il devait se montrer vigilant. La cité des Athéniens ayant toujours été l'ennemie de celle des Spartiates, rien de ce qui la concernait n'était à négliger. Il était peut-être tombé par hasard sur une information de première importance.

S'il avait bien entendu – tandis qu'il les espionnait, dissimulé derrière un rocher –, ces Athéniens se rendaient à Delphes. Donc, lui aussi. Il les avait laissés prendre de l'avance et avait embarqué sur le bateau suivant.

Ça n'avait pas été facile, avec l'ânesse. Heureusement, un ânier lui avait montré comment lui passer une corde derrière les fesses pour l'obliger à monter à bord. Il avait eu ensuite toutes les peines du monde à la faire débarquer et, maintenant, la foutue bête ne voulait plus marcher ! Il avait beau tirer sur la longe, ça n'avançait à rien.

« Tu ne me feras pas croire que tu es fatiguée, maudite tête de mule, grinça-t-il. Si tu continues à jouer la comédie, je te promets de t'abattre sur place, de te rôtir à la broche, de me confectionner des chaussures avec ta peau et des flûtes avec tes os. »

Et il lui piqua les fesses de la pointe de son javelot.

Il étouffa un cri. La longe, qu'il avait enroulée autour de sa main pour empêcher la bête de s'enfuir, venait de s'en arracher brutalement, lui entamant la paume. Et tout ça parce que cette bourrique avait subitement changé d'idée et pris le galop.

Sans un regard pour sa main blessée, il se mit à courir derrière elle. On aurait dit qu'elle avait le feu aux trousses, et il crut bien qu'il allait finir par la perdre de vue.

Penchés sur le papyrus, Néèra et Daméas relisaient les mots inscrits : « Ce que vous savez appartient à Apollon et à Céramos. »

« Ce que vous savez » était sans équivoque : ils *savaient* quelque chose. Cette chose était en rapport avec Apollon, puisque c'était Apollon qui gardait le trésor... Et Céramos ? Céramos était l'inventeur de la poterie, et le secret se trouvait entre les mains de leur père, maître potier. Seulement tout cela leur était déjà connu. Que leur apportait cet oracle ?

« Chrysilla ! » s'écria soudain Stéphanos.

Ils levèrent les yeux. Leur petit frère avait raison, c'était bien l'ânesse ! Chrysilla et sa sandale de cuir... Un nouveau signe des dieux, et juste au moment où ils étaient penchés sur l'oracle ! Ils finiraient par en déchiffrer l'énigme, ils en furent aussitôt persuadés.

Ils se figèrent. Là-bas, il y avait une silhouette qu'ils reconnaissaient. Talos ! Le Spartiate avait-il quelque chose à voir avec la disparition de Chrysilla ?

« Je vous retrouve enfin, s'exclama le jeune homme en arrivant.

— Tu nous cherchais ? fit Daméas méfiant.

— Évidemment ! Pour vous rendre l'âne ! Tu crois que je pouvais laisser des gamins en difficulté ? J'ai confisqué momentanément cette bête pour qu'elle ne risque pas de vous faire repérer au passage du bateau. Si je vous avais demandé votre avis, vous auriez refusé. »

Daméas sentit de nouveau la colère monter. Leurs affaires ne regardaient pas ce Spartiate. L'idée même qu'ils lui devaient la vie était déjà suffisamment insupportable !

« Comment savais-tu que nous venions ici ? interrogea-t-il en tentant de contenir son agressivité.

— Vous l'avez dit devant moi. »

Daméas plissa les yeux d'un air soupçonneux. Le Spartiate était-il présent quand ils avaient décidé d'aller à Delphes ?

« Je crois finalement que ta sœur a raison, reprit Talos. Moi, je veux retrouver mon hilote ; vous, vous fuyez vos ennemis. Pourquoi ne pas nous allier ? Je vous propose mon aide et, en échange, vous me prévenez si vous voyez mon homme. »

Comme Daméas le dévisageait toujours sans rien dire, il précisa :

« Il est reconnaissable, il a sur le front une grande balafre et porte une vilaine dépouille de chèvre. Pour le reste, je crains qu'il n'ait jeté le bonnet en peau de chien qui lui rappelle sa bassesse.

— S'il s'agit d'un pacte entre nous... », commença lentement Daméas.

Les pensées tournaient dans sa tête à une vitesse folle. Le Spartiate ne semblait pas vouloir évoquer une dette qu'ils auraient envers lui, il n'y pensait sans doute pas. D'ailleurs, il ne leur avait sauvé la vie qu'accidentellement. Parlait-il sincèrement ou mijotait-il une fourberie ?

D'un autre côté, un pacte était un pacte, et celui qui ne le respectait pas s'exposait à la vengeance des dieux, même un Spartiate savait ça.

« Qu'avons-nous à perdre ? » lui souffla Néèra.

Ils furent interrompus par une voix d'une ampleur à réveiller les muses de la montagne.

« Bains ! Bains ! Purifiez-vous, prenez un bain ! »

Ils jetèrent un coup d'œil vers la porte de la grande bâtisse bordant la route, d'où le maître de bain leur adressait des signes.

« Ce serait une bonne idée, déclara Néèra. Pour rendre hommage aux dieux, nous devrions purifier notre corps, et il nous reste quelques oboles.

— J'ai les bains les plus chauds, continuait le braillard, la meilleure huile pour s'enduire le corps ! Et les strigiles[1] sont nettoyés après chaque baigneur !

---
1. Grattoirs en métal pour se racler la peau.

— Allez-y d'abord, les garçons, reprit Néèra, je garderai Chrysilla. »

Daméas réfléchit. Et si, pour comprendre l'oracle, il fallait être pur ?

« D'accord, dit-il en saisissant la main de son frère, on y va.

— Pas moi, protesta aussitôt Talos. La crasse protège le guerrier, et les bains chauds l'amollissent. »

La petite voix de Stéphanos s'éleva soudain :

« Alors, tu restes pas avec nous. Tu sens trop mauvais et Chrysilla déteste ça. »

Daméas crut que le Spartiate allait assommer son frère.

« Je paie pour toi, proposa-t-il vivement. Je te dois bien ça pour nous avoir ramené l'ânesse. »

Curieusement, Talos se calma d'un coup et se mit à rire.

« Je ne voudrais pas incommoder cette pauvre bête », dit-il enfin.

Mais son rire sonnait faux.

Talos prit un peu de temps pour plier sa chlamyde. Ce manteau était le seul vêtement qu'on lui autorisât et, comme il le gardait sur lui jour et nuit, il se trouvait à présent dans un triste état. Cependant ce n'était pas la seule raison pour laquelle il en prenait soin : il voulait donner à Daméas et Stéphanos le temps de quitter le vestiaire et de passer dans la salle où s'alignaient les baignoires de terre cuite.

Dès que les deux Athéniens eurent franchi la porte, il plongea les doigts dans l'amphore pour en extraire le papyrus. Il avait vu Daméas le ranger là-dedans avec un air de conspirateur et s'était douté qu'il s'agissait de la transcription de l'oracle.

Il n'y avait sur le papyrus qu'une courte phrase. Malheureusement, à Sparte, on n'avait pas beaucoup de temps à consacrer à l'apprentissage de la lecture, et Talos mit malgré tout un certain temps à la déchiffrer.

Il pesta. Comme la plupart des oracles de la pythie, son contenu était incompréhensible !

17

Un jeune homme étrange

Assise sous les pins, en haut de la pente surplombant le sanctuaire, Néèra fouillait du regard la foule des pèlerins. À chaque fois qu'une silhouette s'en détachait, elle la captait du regard et la suivait des yeux avec vigilance. Jusqu'à présent, elle n'avait pas eu de véritable alerte, il s'agissait toujours de jeunes gens se dirigeant vers le stade voisin. Le pire, c'est qu'elle se sentait incapable de reconnaître le visage de leurs ennemis.

Là, de nouveau, un homme contournait la statue de l'aurige[1] sur son char. Et, cette fois, il semblait

1. Conducteur de char.

vouloir monter vers elle. Elle se tendit. Elle allait réveiller Stéphanos lorsqu'elle reconnut Talos. Elle respira mieux. Bien sûr, elle ignorait si elle pouvait avoir confiance en ce Spartiate, mais elle en faisait le pari. Quel autre choix avait-elle ?

Et puis, maintenant qu'il était propre, il lui paraissait plus accessible, plus humain et, aussi, elle devait se l'avouer, très beau.

« Des nouvelles ? interrogea-t-elle.

— J'ai peur que mon hilote ne soit pas à Delphes.

— Qu'il s'y trouve aurait été un véritable hasard.

— Pas du tout, protesta Talos. Il aurait très bien pu avoir l'idée de venir ici pour se mettre sous la protection d'Apollon. Tu n'as pas vu les centaines d'actes d'affranchissement d'esclaves inscrits à la base du grand temple ?

— Il ne suffit pas de venir jusqu'ici pour être affranchi, fit observer Néèra, il doit le savoir. Surtout que chez vous, ce n'est pas comme chez nous...

— Que veux-tu dire ?

— Nos esclaves sont protégés par la loi. S'ils sont maltraités, ils peuvent demander asile au temple et obtenir d'être revendus à un autre maître. Un de nos esclaves aurait donc pu avoir l'idée de venir ici. Un des vôtres...

— Les Athéniens sont des mous », lâcha Talos d'un ton sec.

Néèra n'osa pas répliquer. Elle ne voulait pas se

fâcher avec le Spartiate et, pourtant, cette affaire d'hilote la mettait mal à l'aise. À la maison, on ne traitait pas les esclaves de cette manière. On organisait une fête pour les accueillir à leur arrivée, on les faisait asseoir au foyer pour leur montrer que la maison était désormais la leur, on répandait sur leur tête des figues et des noix – signe qu'ils ne manqueraient jamais de rien – et on leur donnait un nom, ce qui les incluait pratiquement dans la famille. Elle avait la faiblesse de croire que la nourrice qui les avait élevés, le pédagogue qui faisait travailler Daméas, la cuisinière qui leur donnait des douceurs en cachette les aimaient.

Une nouvelle fois, elle pensa à eux, à l'horrible scène qu'ils avaient dû découvrir au matin. Ils n'avaient rien pu entendre dans la nuit puisque – ses parents ayant souhaité que leurs esclaves puissent avoir leur propre famille – ils logeaient dans une aile séparée de la maison. Maintenant, ils étaient certainement très inquiets pour eux. Devinaient-ils à quel point ils étaient en danger ?

Elle fouilla de nouveau des yeux les pentes du sanctuaire et le parvis du temple.

« Où est Daméas ? demanda Talos en s'asseyant.

— Il cherche du travail.

— Du travail ? C'est bon pour les esclaves ! »

Néèra ne répondit pas. Travailler de ses mains

n'était évidemment pas très digne, mais comment survivre autrement ?

— Et toi, de quoi vis-tu ? s'enquit-elle.

— Je vole.

— Hein ? Et ta cité t'y autorise ?

— Elle m'y oblige. Un Spartiate doit se débrouiller en toute circonstance. Rassure-toi, nous savons parfaitement que voler est une violation de la loi. Aussi, celui qui est surpris à le faire est battu. »

Et, sans prêter attention à l'expression stupéfaite de Néèra, il sortit de sa chlamyde un objet verni qu'il lui tendit.

« C'est pour toi. »

Il s'agissait d'une fiole noire cachetée de cire, ornée d'un dessin rouge représentant une femme se regardant dans un miroir. Une fiole de parfum.

« Tu l'as... volée ?

— Naturellement, avec quoi l'aurais-je achetée ?

— Il ne faut pas ! » s'effraya Néèra.

Elle aurait voulu expliquer que le parfumeur qui avait élaboré ce parfum, le potier qui avait tourné la fiole, le peintre qui l'avait décorée, le marchand qui la vendait devaient être payés pour leur peine, mais elle n'était pas sûre que Talos le comprenne. Rien de ce qui n'était pas spartiate ne lui paraissait digne d'intérêt. En même temps, elle était touchée qu'il ait pris des risques pour elle, si bien qu'elle renonça également à lui faire remarquer que ses chapardages les mettaient en danger.

« Chez toi, tu vis aussi de rapines ? demanda-t-elle.

— Bien sûr que non ! Sparte nous attribue, à la naissance, un lot de terre et des hilotes pour le cultiver. »

Talos leva la tête, plissa les yeux pour regarder au loin et, de la main, désigna la ligne de crête du Péloponnèse, qu'on apercevait de l'autre côté du golfe.

« Ma cité se trouve là-bas, derrière les montagnes. »

Il sortit de sa chlamyde une flûte et se mit à en jouer.

Nééra en fut sidérée. Sa musique était extraordinairement belle, légère, subtile, et ne ressemblait aucunement à l'idée qu'elle se faisait du jeune homme.

« Tu joues merveilleusement », observa-t-elle quand la musique s'arrêta.

Il eut un léger sourire et répondit :

« L'an prochain, j'espère participer aux jeux pythiques à fois à la flûte et à la course en armes. Mon père était un excellent flûtiste. Il serait fier de moi si je gagnais.

— Tu as des frères et sœurs ?

— Non. Deux frères sont nés après moi, mais ils n'ont pas réussi le test du vin ; quand on les y a trempés, ils ont mal réagi. Les Anciens ont donc jugé qu'ils n'étaient pas assez forts pour servir la cité et les ont jetés dans le précipice.

— Le précipice ? » s'ébahit Nééra.

À Athènes, ce n'étaient pas les chefs de la cité, qui décidaient du sort d'un nouveau-né, mais son père. Et, s'il n'en voulait pas, il ne le jetait pas dans un gouffre, il le remettait entre les mains des dieux, en l'exposant. Aux dieux de déterminer s'il serait recueilli par une autre famille ou s'il mourrait. Pour Stéphanos, il était temps qu'elles arrivent : déjà, les rats couinaient autour de sa marmite, prêts à le dévorer.

Finalement, Stéphanos avait été doublement sauvé, car ses parents avaient refusé d'en faire un esclave et l'avaient présenté comme leur propre enfant. Ce n'était pas si courant. Il faut dire que ses parents n'étaient pas des gens ordinaires.

« Qu'y a-t-il de plus malheureux qu'un père ? » plaisantait-on à Athènes. « Un père qui a plus d'enfants que lui. »

Alexos, lui, aimait ses enfants, et il affirmait qu'ils étaient une bénédiction des dieux.

Le cœur serré, Nééra approcha la main de la tête bouclée de son petit frère qui dormait toujours et caressa ses cheveux soyeux.

« Pourquoi vous poursuit-on ? reprit Talos. Parce

que "ce que vous savez appartient à Apollon et à Céramos" ?

— Qui t'a dit cela ?

— Qu'importe. C'est l'oracle de la pythie, non ?

— Cet oracle ne nous est d'aucune aide. Si nous *savons* quelque chose, nous ignorons quoi. (Néèra se leva.) Réveille-toi, Stéphanos, il est l'heure de redescendre. »

Daméas les attendait au bas de la Voie Sacrée. Avec un âne beige.

« J'ai passé Chrysilla à l'argile pour qu'elle ne soit pas repérée, expliqua-t-il. Et j'ai réussi à trouver du travail.

— De la peinture ? interrogea Néèra en regardant les pots en terre brute qui s'entassaient dans les paniers.

— Oui. Le potier m'a confié des vases mais, évidemment, j'ai dû laisser en gage ta lyre. Je la récupérerai ce soir, en lui rapportant ses poteries. Tout est calme ?

— Apparemment. On a peut-être réussi à les semer. »

Ils descendirent la rue du village, laissèrent les dernières maisons et s'engagèrent sous les oliviers, à la recherche d'un endroit où dormir à l'abri des regards.

18

Le secret de l'amphore

Ils suivirent le cours de la rivière, longèrent le gymnase établi sur une terrasse, contournèrent le rond bleu dessiné par sa piscine, et continuèrent à descendre au milieu des oliviers, vers un second ensemble de temples, plus petit.

« Athéna ! s'exclama Stéphanos en désignant du doigt une statue.

— Ici, c'est son sanctuaire, confirma Nééra. (Elle se retourna pour regarder vers le temple d'Apollon qui surplombait la vallée.) Nous devrions nous installer ici, entre les sanctuaires d'Athéna et d'Apollon, nous serions sous leur double protection.

— En plus, observa Talos, c'est un coin assez discret... Pour ceci... »

Et il sortit de sa chlamyde une lame métallique très effilée.

Daméas observa le rasoir. Lui n'en utilisait pas, puisqu'il n'avait pas de barbe.

« Qu'est-ce que tu veux dire ? grogna-t-il en pensant que le Spartiate voulait le narguer en se faisant la barbe devant lui.

— Je veux dire que vos cheveux blonds et votre allure générale sont trop caractéristiques, et que, si vous voulez passer inaperçus, il faut les raser. »

Les trois autres le considérèrent d'un air interdit.

« Tu es fou ! s'emporta enfin Daméas. On nous prendrait pour des esclaves !

— Ou pour des Spartiates. Chez nous, les enfants ont la tête rasée jusqu'à seize ans.

— Des Spartiates ? Et quoi encore ! Je suis Athénien, et je ne couperai mes cheveux qu'une seule fois, à seize ans, pour les offrir aux dieux.

— Tu préfères mourir ?... Comme tu veux. Mais laisse au moins ton frère et ta sœur le faire. »

Stéphanos le considéra avec des yeux ronds. Et puis, d'un coup, il se mit à hurler :

« Je ne veux pas être esclave ! Je ne veux pas être esclave ! »

Un peu déstabilisé par sa réaction, Talos précisa :

« On te prendra juste pour mon frère, et seulement pendant un petit moment, ce n'est pas grave. »

Mais Stéphanos n'écoutait pas.

« Pas un esclave, pas un esclave ! sanglotait-il.

— Calme-toi, dit Néèra, on ne t'obligera pas. »

Et elle fit signe à Talos que, même si elle comprenait son point de vue, il valait mieux ne pas insister. Elle chercha autour d'elle de quoi détourner l'attention du petit et découvrit un vieux pot de terre jeté sous un olivier.

« Regarde, on va finir de casser ce pot, ça va nous faire des ostraca pour apprendre à écrire. Tu veux que je t'apprenne à écrire ? »

Le gamin fut encore secoué de quelques spasmes presque silencieux.

« Je vais écrire ton nom là-dessus, poursuivit-elle en ramassant un tesson, et tu repasseras sur les traits. »

Le soleil déclinait à l'horizon, et Daméas était en train d'enduire un pot d'un mélange d'argile fine, lorsque Talos déclara d'un ton énigmatique :

« Apollon a beaucoup de visages... »

Daméas n'eut aucune réaction. Il n'avait pas à accorder d'attention au Spartiate. Et puis, il était dans une phase délicate du travail, car il enduisait d'argile fine le ventre d'un pot, et qu'il ne devait pas déborder sur les dessins. C'était à cette seule condition que les motifs garderaient leurs couleurs à la cuisson, pendant que le reste virerait au noir.

« Talos connaît le message de la Pythie », expliqua alors Néèra.

Là, Daméas fit un bond.

« Quoi ? Comment le connaît-il ? »

Son ton accusait si hargneusement Néèra que Talos eut un geste instinctif du bras pour la protéger.

« Elle n'y est pour rien, protesta-t-il. Mais ne t'en fais pas, j'ignore tout de votre problème et je ne veux pas le connaître... Sauf si ça vous soulageait de m'en parler. (Un silence.) Bon, je vois que c'est non. On peut quand même réfléchir à l'oracle, car le plus difficile est de l'interpréter. Si on s'y met tous... »

Daméas ne desserra pas les dents.

« "Ce que vous savez appartient à Apollon", reprit Talos. On peut se demander si un des visages d'Apollon aurait un rapport avec vous. »

Le sens de cette phrase était évidemment qu'Apollon gardait le trésor dans l'île lointaine, mais Talos n'avait pas à le savoir.

« Apollon est dieu de la Lumière et de la Vérité, insista le Spartiate, il est aussi archer et guérisseur. Le loup, le cygne, le corbeau, le dauphin sont ses animaux ; le laurier, son arbre. Il est la beauté, la musique, la poésie...

« — Apollon, intervint Stéphanos, il a une lyre, comme Néèra. »

Les autres lui lancèrent un regard surpris.

« Il n'a pas tort, reconnut Talos. Il est possible que la pythie veuille parler d'Apollon en tant que dieu de la musique. »

Néèra en resta bouche bée. Lyre... Gorgias avait préparé pour elle une lyre. Un pinceau pour Daméas. Un bateau pour Stéphanos. Un bateau... comme celui qui s'était échoué à Phano !... Et la pythie avait eu entre les mains ce bateau !

« Ah ! lâcha Daméas d'un ton ironique. Et Céramos ?

— Il a inventé la poterie. Il doit y avoir un rapport avec la poterie.

— Notre père possède un atelier de poterie », dit rapidement Néèra.

Le visage de son frère aîné se ferma, et elle n'insista pas. Pourtant, elle venait de se rendre compte qu'ils avaient pensé « père », alors qu'il fallait peut-être réfléchir à « poterie ». L'étranger posait un regard différent sur l'oracle et il pouvait avoir raison.

Lyre, pinceau, bateau. La clé du mystère résidait-elle dans la musique et la poterie ? Ou bien la peinture ? Une matière particulière que leur père utilisait pour peindre ses pots ?

« Qu'est-ce que tu fais ? demanda Talos au petit

qui, l'oreille collée au goulot de l'amphore, semblait
subjugué.

— J'écoute l'oracle. Ça murmure...

— Ah ! Et qu'est-ce que ça dit ?

— Ça dit que le secret, c'est de la musique et de
la poterie. »

19

Angoisses

Néèra se recroquevilla. Le vent s'était levé et elle avait froid. C'est qu'on était déjà en septembre. Elle songea avec terreur que l'hiver viendrait, et qu'ils ne pourraient bientôt plus dormir dehors. Comment allaient-ils survivre ? Payer un loyer paraissait impossible et, d'ailleurs, s'installer à demeure quelque part serait trop risqué.

Les premiers rayons du soleil faisaient scintiller les feuilles des oliviers et, là-bas, Talos s'exerçait au javelot. Son bras était puissant et sûr, et elle s'en sentit fière. Sottement.

Pourquoi « sottement » ? Bien sûr, elle n'y était pour rien mais, si le Spartiate était resté avec eux, c'était peut-être grâce à elle. Pour la défendre, elle, et aussi Stéphanos. Pour Daméas, il n'aurait certainement pas levé le petit doigt.

Elle était heureuse qu'un jeune homme s'intéresse à son opinion, lui parle comme si elle n'était pas un être inférieur. Il avait même commencé à lui enseigner à lancer le javelot. En cachette de Daméas, évidemment. Daméas était trop empêtré dans ses responsabilités. Il avait toujours peur pour elle. Pourquoi n'arrivait-il pas à comprendre qu'ils étaient deux, confrontés aux mêmes difficultés et aux mêmes angoisses, et qu'il pouvait s'appuyer sur elle au lieu d'essayer de la protéger ? Talos, lui...

Talos... elle aimait dire son nom.

Quand il était près d'elle et qu'elle percevait sa chaleur, elle avait parfois l'impression que les forces lui manquaient.

Elle détourna son regard pour observer les alentours. Était-il prudent de demeurer dans une plantation d'oliviers ? Ces vieux troncs difformes pouvaient dissimuler l'ennemi.

D'un autre côté, ils les dissimulaient aussi, eux, aux yeux de l'ennemi. Elle remonta le manteau sur l'épaule de Stéphanos, et c'est là qu'elle aperçut la sueur à son front. Son petit frère souleva péniblement les paupières, posa un instant sur elle ses grands yeux noirs, puis il tourna le dos et se mit à sucer son pouce. Il y avait si longtemps qu'il ne l'avait pas fait, que cela acheva de l'inquiéter.

Daméas était déjà au travail et elle n'osa pas le déranger. Concentré, il ébauchait un dessin qui devait représenter un enfant apprenant la cithare, assis sur un tabouret face à son maître. Il lui en avait parlé la veille avec une passion telle, qu'elle avait cru entendre son père. Non, le travail ne lui pesait pas. Nééra était même prête à parier qu'il avait pensé toute la nuit à son dessin et attendu les premières lueurs du jour avec impatience. Daméas était un véritable artiste.

Comme son petit frère gémissait sourdement, elle tenta à voix basse :

« Daméas, Stéphanos a de la fièvre.

— Ah bon... J'espère que ça va passer, sinon on risque d'être embêtés si on doit filer en vitesse. »

Décidément, Daméas et elle ne s'inquiétaient jamais pour les mêmes raisons. Nééra tendit la main vers la petite tête bouclée et glissa ses doigts entre les fins cheveux. Ils étaient trempés. Alors à voix basse, ainsi que le faisait sa mère, elle commença :

> *Dans la forge du dieu*
> *Qui a craché le feu,*
> *J'ai jeté trois cailloux,*
> *Voyez-vous...*

159

Elle se pencha sur Stéphanos et remarqua que ses yeux étaient flous.

> *Le premier très surpris*
> *Est devenu tout gris,*
> *Le deuxième s'est fait vert*
> *Comme la mer.*

Elle tourna vivement la tête. Une flûte venait de reprendre l'air derrière elle. Elle n'avait même pas entendu Talos arriver. Il joua toute la mélodie sans aucune hésitation, comme s'il l'avait toujours connue.

« Drôle de chanson, observa-t-il enfin. Qu'est-ce qu'elle signifie ?

— Je ne sais pas, avoua Néèra.

— C'est une chanson athénienne ?

— C'est une chanson de maman. J'ignore si quelqu'un d'autre la connaît.

— Une chanson, fit remarquer Talos, ça a un rapport avec Apollon, non ? L'Apollon dieu de la musique et de la poésie. »

La voix ironique de Daméas coupa :

« Et tu lui verrais un sens, à cette chanson ?

— Le dieu qui possède une forge, c'est Héphaïstos, répliqua Talos.

— Ah oui. Et ça nous avance à quoi ? »

Néèra crut bon d'intervenir.

« On pourrait y réfléchir », suggéra-t-elle d'un ton conciliant.

Son frère lui lança un regard sévère, ce qui ne la surprit qu'à moitié. Depuis que Talos était avec eux, Daméas était toujours mécontent. Mécontent qu'il lui parle, mécontent qu'il s'intéresse à leurs affaires, mécontent qu'il se préoccupe de Stéphanos et même, à l'instant, qu'il lui touche le front pour mesurer sa fièvre.

Néèra s'inquiétait. Plus le soleil montait dans le ciel, plus la fièvre de Stéphanos augmentait. Maintenant, il délirait et se débattait contre des rats invisibles. Talos était parti, et Daméas ne s'occupait que de son problème présent : comment placer la main de son personnage sur la cithare ?

Si elle avait pu trouver du lait d'ânesse, elle aurait essayé de lui en donner. C'était bon pour les malades. Malheureusement, Chrysilla – n'ayant sans doute pas mis au monde d'ânon – n'en avait pas.

« Je vais essayer de trouver un médecin, déclara-t-elle.

— Sois prudente », répondit son frère d'un ton distrait.

Quand Daméas était dans sa peinture, le monde pouvait s'écrouler sans qu'il s'en aperçoive. Voilà qu'il la laissait partir seule ! Elle sentit sa gorge se serrer.

Elle souleva le gamin dans ses bras et remonta vers le village.

Elle eut du mal à trouver le médecin, qui n'était ni chez lui, ni dans le minuscule hôpital. Elle découvrit enfin, dans la cour de derrière, des hommes qui jouaient au cottabe. Elle resta là un moment, à les observer, tandis qu'ils lançaient le fond de leur coupe de vin vers un bassin où nageaient des petites soucoupes. Le médecin se trouvait-il parmi eux ?

Aucun des joueurs ne parvint à couler une seule soucoupe et, à chaque essai, tout le monde s'esclaffait.

Elle recula. Le rire bruyant de ces hommes ne lui inspirait aucune confiance. Elle allait quitter la cour quand l'un d'eux, l'apercevant, lui fit signe d'attendre. À cet instant, une voix s'éleva sans son dos.

« Qu'est-ce que tu fais là ? »

Talos !

« Je t'ai vue entrer ici, reprit le jeune homme, et... Tu amènes Stéphanos chez le médecin ? (Il lui prit l'enfant des bras.) Daméas ne t'a pas accompagnée ?

— Daméas a du travail », répondit-elle rapidement.

Talos haussa les sourcils, cependant il renonça à faire des commentaires, et Néèra lui en sut gré. Elle

162

ne voulait pas qu'il critique Daméas. Bien sûr, son frère l'avait laissée partir seule et, chez eux, cela aurait été inimaginable ; seulement plus rien n'était normal.

« Je suis le médecin, déclara l'homme en s'approchant. Vous avez besoin de moi ?

— C'est pour le petit », expliqua Talos.

Néèra se demanda pourquoi elle avait pensé du mal de ce médecin. Sorti de son jeu de cottabe, il paraissait sérieux et attentif. Il avait allongé l'enfant sur une table et l'auscultait avec soin.

« Je ne sais pas ce qu'il a, déclara-t-il au bout d'un moment, je ne lui vois rien de précis. »

Il tâta encore le ventre, regarda le blanc de l'œil, écouta la respiration.

« Il faudrait me le laisser en observation jusqu'à ce soir. »

Néèra n'avait aucune envie de se séparer de son petit frère. D'un autre côté, elle était inquiète pour lui. Ne sachant comment exprimer ses hésitations, elle tenta d'une petite voix :

« Je n'ai pas d'argent pour vous payer.

— Cet hôpital est public, donc gratuit, informa le médecin. Je peux garder ton frère jusqu'à ce soir, et là, je te dirai ce qu'il en est. »

Néèra jeta à Talos un regard indécis.

« Laissons-le, proposa le Spartiate, c'est ce que

nous pouvons faire de mieux. (Il se pencha vers Sté-phanos.) Ce médecin va te soigner, ne t'inquiète pas. On reviendra te chercher ce soir. En attendant, repose-toi. »

Néèra eut l'impression que son petit frère n'avait pas entendu. Sa respiration était difficile, ses yeux clos. Si elle ne le confiait pas au médecin, il pouvait mourir. Aussi, quand Talos mit la main sur son épaule pour la pousser doucement vers la porte, elle se laissa faire.

Ils étaient tous deux si préoccupés qu'ils ne firent aucune attention au groupe de pèlerins qui remon-taient la rue, et encore moins aux deux cavaliers arrêtés un peu plus haut, devant l'entrée du sanc-tuaire, et qui regardaient vers eux.

20

Père et fils

Hanias suivit des yeux les deux jeunes gens qui descendaient la rue. Le petit n'était plus avec la fille. Intéressant...

Enfin il touchait au but, et ça n'avait pas été sans mal. Il avait même cru que tout était perdu en découvrant Samion mort et Lykios avec une broche de cuisine dans le dos.

Il avait alors interrogé les commerçants ambulants (ceux-là avaient un don pour l'observation, et quelques drachmes leur déliaient vite la langue) et il avait appris quelques petites choses sur ses fuyards. Le marchand de sardines, en particulier, s'en souvenait. Parce que leur âne portait un panier qui semblait être agité de soubresauts, et qu'en grimpant sur son tabouret au moment où ils s'éloignaient, il s'était rendu compte que le panier contenait un gamin. Ensuite, il avait vu Onésimos tenant un gosse par la main. Ça l'avait intrigué, étant donné qu'il n'y avait pas d'enfant chez Samion, et il l'avait suivi des yeux. Et ce qu'il avait vu était instructif : les voyageurs avaient emprunté le *diolcos* en se cachant dans un bateau.

Et voilà. Hanias avait fini par remettre la main sur eux. Surtout grâce à leurs cheveux. Pas malins, les gosses ! À leur place, il se serait rasé. Quand on possède des toisons aussi blondes dans un pays de cheveux sombres, on y pense. Entre le *diolcos* et Delphes, il n'avait eu aucun mal à les suivre à la trace, tout le monde les avait remarqués.

Il lança un clin d'œil à son compagnon. Leur idée de surveiller la route depuis l'aube avait payé, le loup avait fini par sortir du bois. Du moins la fille, avec le petit. L'aîné ne s'était pas montré.

Mais voilà qu'en sortant de chez le médecin, la donne était changée. La fille n'avait plus le petit avec elle, en revanche elle était accompagnée par un jeune homme qui semblait parfaitement la connaître, puisqu'en passant la porte, il avait la main sur son épaule. Bien sûr, par discrétion, il l'avait ensuite retirée très vite.

Les enfants d'Alexos avaient-ils de la famille à

Delphes ? Le plus étrange était que ce jeune homme portait une chlamyde spartiate.

Hanias sentit une pointe d'agacement. Il se méfiait des Spartiates. Le genre de type à se battre jusqu'à la mort sans hésiter. Des guerriers redoutables, qui ne se laissaient pas facilement intimider. Avoir l'un d'eux pour adversaire ne lui souriait pas vraiment.

Spartiate... Il demeura songeur. Quand il avait appris la mort de Kléon, il s'était rendu sur place, et un jeune berger lui avait affirmé que son homme de main avait été tué par le javelot d'un *irène*. Or, un irène était un éphèbe de Sparte...

Hanias fronça les sourcils. Le berger ne croyait pas que le Spartiate ait quelque chose à voir avec les Athéniens, cependant il avait pu se tromper. S'agissait-il du même ?

En tout cas, trois de ses hommes à lui étaient morts à cause de ces morveux, et ils le lui paieraient.

Son plan initial était de les suivre jusqu'à leur repère et de leur tomber dessus, mais voilà qu'il avait mieux : le gamin était resté seul chez le médecin, il fallait en profiter.

Hanias sauta de cheval, confia la bête à son compagnon, et entra dans l'hôpital au milieu des pèlerins usés par leur voyage et qui réclamaient des soins. Il interpella le médecin :

« On vient à l'instant de vous amener mon fils.

167

— Ah oui, le petit Stéphanos. Je ne sais pas encore ce qu'il a. »

Tiens, il s'appelait Stéphanos !

« Où se trouve-t-il ?

— Ici, dans la salle de consultation, indiqua le médecin en ouvrant la porte d'une pièce minuscule. Je ne l'ai pas encore transféré dans le dortoir. Ne restez pas trop longtemps avec lui, il est épuisé et a besoin de se reposer. »

« Stéphanos », souffla Hanias en tentant d'adoucir sa voix.

Le petit ouvrit les yeux, sans pourtant paraître le voir.

« Stéphanos ! Tu ne me connais pas, hein ? »

Les yeux fiévreux se posèrent sur lui. Aucune réponse.

« Tu crois que tu ne me connais pas, mais regarde ça... »

Hanias plongea la main dans sa tunique et en sortit un collier d'amulettes noir et rouge, en commentant :

« Ceci appartient à mon fils. »

Il y eut en Stéphanos comme un déclic. Il tendit la main pour attraper le collier et bredouilla :

« Il est pas à votre fils, il est à moi.

— Justement. C'est parce que tu es mon fils. Mon fils a été exposé voilà cinq ans devant l'autel des

168

douze dieux, sur l'agora d'Athènes. C'est bien cela, hein ? »

La bouche du garçon s'entrouvrit de saisissement, ses yeux se brouillèrent et des larmes roulèrent sur ses joues.

« Je suis pas un essposé », hoqueta-t-il enfin.

Hanias sentit qu'il avait commis un impair. Le gosse ignorait-il vraiment qu'il avait été exposé ? Ou refusait-il de l'admettre, ainsi que son émotion pouvait le laisser supposer ? Pourtant il avait été recueilli, choyé, élevé comme un enfant adopté, de quoi se plaignait-il ?

« Tu n'as pas vraiment été exposé, rectifia-t-il rapidement. Tu as été volé. Un bandit t'a enlevé parce qu'il était jaloux que j'aie un beau garçon comme toi. »

Les larmes cessèrent de couler et une lueur méfiante s'alluma dans le regard. Il fallait jouer serré.

« Où est Nééra ? » demanda le gosse avec une soudaine anxiété.

Nééra devait être la sœur.

« Elle est partie, répondit Hanias. Tu comprends, ils sont en danger, ils ne peuvent pas s'encombrer d'un malade. Moi, ce n'est pas pareil, je suis ton père, je dois veiller sur toi. »

Le hurlement le prit de court. Un désespoir épouvantable. Se laissant glisser à terre, Stéphanos tenta de courir vers la porte. Mais la fièvre lui coupait les jambes, et Hanias n'eut aucune peine à le ceinturer au passage.

« Qu'est-il arrivé ? s'inquiéta le médecin en entrant.

— Je veux Néèra ! Je veux Néèra !

— La fièvre lui embrouille l'esprit, expliqua Hanias. Je crois qu'il a fait un cauchemar.

— Ta sœur revient ce soir, le rassura le médecin. Elle doit me laisser le temps de t'examiner. »

Stéphanos adressa à l'inconnu un regard de reproche.

« C'est ce que je t'ai dit, précisa aussitôt Hanias. Elle t'a laissé pour la journée. »

Subitement muet, Stéphanos le fixa de ses yeux pénétrants, ce qui le mit mal à l'aise.

« Et puis, constata le médecin, tu as ton père. Tu vois, il s'inquiète pour toi. »

L'enfant restait tout raidi par l'angoisse, cependant il considérait à présent Hanias avec plus de curiosité que de peur. Probablement parce que le médecin avait dit « ton père » sans avoir l'air d'en douter.

« Tu vas guérir, assura-t-il d'un air gai, tu es costaud comme moi. Nous nous ressemblons beaucoup, n'est-ce pas ? »

Il avait posé la question au médecin, qui le reconnut volontiers. D'ailleurs c'était vrai.

« Regarde, poursuivit-il, nous avons tous deux les mêmes yeux noirs et exactement les mêmes cheveux. Ton visage, en revanche, a la forme de celui de ta mère, un peu en longueur. »

Il compara les différentes parties de leurs corps, jusqu'à ce que le médecin se décide enfin à ressortir. Là, Hanias se pencha sur Stéphanos et souffla :

« Il faut que je te dise la vérité. Si le bandit t'a enlevé, c'est parce que le devin lui a révélé qu'un jour, il mourrait à cause de toi. Alors il t'a exposé. Pour te tuer et que tu ne puisses donc pas le tuer.

— Mais je le connais pas, fit Stéphanos effrayé.

— Lui te connaît. Il a appris que tu es toujours en vie, et il te poursuit. Tu es assez grand pour comprendre que c'est pour ça que vous avez fui, même si les autres te disent le contraire. »

Stéphanos hocha lentement la tête.

Hanias respira un grand coup. Il tenait le bon bout !

« J'aimerais bien savoir ce qu'ils ont inventé, ton frère et ta sœur, pour t'expliquer votre fuite. Qu'est-ce qu'ils t'ont dit ? »

Stéphanos posa sur lui des yeux désemparés.

« Que c'était à cause du secret, souffla-t-il.

— Et quel secret ont-ils inventé ?

— Celui du trésor de Délos.

— Ah ! Cette vieille histoire ! Ils n'ont pas beaucoup d'imagination. Tout le monde raconte cette légende du trésor de Délos qui aurait échoué sur une île. Une île, euh... qui s'appelle... Comment déjà ? »

Hanias fit semblant de réfléchir. Il avait du mal à cacher son excitation : l'enfant était au courant de l'affaire ! S'il jouait finement, il pouvait apprendre les détails qui lui manquaient. Seulement Stéphanos était si fiévreux qu'il paraissait avoir du mal à rassembler ses idées. Hanias insista :

« Tu te rappelles, toi, le nom de l'île ? »

Stéphanos cligna des yeux.

« C'est Phano, murmura-t-il d'un air malheureux.

— Phano, bien sûr ! s'exclama Hanias en rageant que ce nom ne lui évoque rien. Ne sois pas triste, il ne faut pas leur en vouloir de t'avoir joué la comédie, c'était pour te protéger. Mais maintenant, tu as ton père... Et tu sais où elle se trouve, cette île ? »

Stéphanos murmura que non.

Hanias retint un juron.

« Bien sûr que si, tu le sais. Fais un effort ! »

Stéphanos sursauta. L'homme avait brandi son bras au-dessus de lui et, sur ce bras, il y avait trois serpents. À cet instant, la porte s'ouvrit et le médecin entra.

« Il faut le laisser se reposer, déclara-t-il, et je dois l'examiner.

— Inutile, trancha Hanias. J'ai mon médecin personnel, je vais l'emmener. »

172

Il souleva l'enfant, mais celui-ci se mit aussitôt à se débattre en hurlant.

« Je veux pas aller avec lui ! Je veux pas aller avec lui ! C'est pas mon père.

— Dans son état, décida alors le médecin en lançant à Hanias un regard méfiant, il vaut mieux ne pas le contrarier, et attendre les jeunes gens qui me l'ont amené. »

Hanias se rendit compte que le médecin le soupçonnait d'essayer de se procurer un petit esclave sans bourse délier. Il songea un court instant à le bousculer et à enlever Stéphanos, seulement la salle d'attente était pleine, et les infirmiers qui jouaient au cottabe dans la cour revenaient vers l'hôpital.

« C'est bon, dit-il en reposant l'enfant sur le lit. Moi, tout ce que je veux, c'est qu'il guérisse. »

Le soir, quand Néèra et Talos se présentèrent au chevet du malade, celui-ci eut l'air tellement soulagé de les voir qu'ils crurent que le médecin l'avait maltraité. Pourtant, il ne semblait pas avoir peur de lui et se laissa examiner de nouveau sans broncher.

« C'est embêtant, c'est très embêtant, soupira finalement le médecin en hochant la tête. Je n'ai toujours rien trouvé d'anormal, à part qu'il a de la fièvre et respire mal. Il faudrait me le laisser plus longtemps. L'ennui, c'est que les soins risquent d'être longs et coûteux et que, si je me dois de donner des soins à tous, je ne peux hospitaliser gratuitement que mes concitoyens.

— Dans ce cas, émit péniblement Néèra, il ne nous reste qu'à prier les dieux, car nous n'avons pas les moyens de payer.

— Attends, l'arrêta le médecin, je peux le garder ici sans rien vous demander.

— Vous le feriez ?

— Oui. Et si j'arrive à le sauver, je le conserverai comme esclave pour me dédommager, ainsi que le veut la coutume.

— Pardon ? fit Néèra interloquée.

— C'est un marché honnête, et c'est le seul moyen de lui conserver la vie. Si tu l'emmènes, il mourra. N'aie aucune crainte, tu ne fais pas une mauvaise affaire et lui non plus : je suis très doux avec mes esclaves. »

Néèra tourna la tête. Stéphanos la contemplait avec de grands yeux horrifiés. Il tendit vivement les bras vers elle et s'agrippa à son cou avec une telle force que rien n'aurait pu l'en détacher. Alors elle l'entoura de ses bras et sortit.

21

Périlleuse révélation

Il faisait chaud sous les oliviers, et les cigales s'étaient mises à chanter. Daméas observait avec attention les feuilles qui dansaient dans le vent en cherchant comment rendre avec de la peinture leur couleur argentée et changeante.

Quand il peignait, il oubliait tout. Que son frère était malade et qu'il ne pouvait pas payer le médecin ; qu'il manquait à tous ses devoirs en laissant Néèra circuler seule ; qu'il était au fond d'un gouffre, à ne plus savoir vers où se tourner. Jusqu'à présent il avait eu des objectifs clairs : trouver Gorgias, puis Samion, et ensuite la pythie. Elle avait été leur dernier espoir. Malheureusement, ils n'avaient pas réussi à comprendre son oracle. Qu'allaient-ils devenir ? Ils ne pouvaient rester trop longtemps ici, sous peine de se faire repérer.

Il aurait fallu des médicaments à Stéphanos, car rien ne semblait vouloir venir à bout de son mal, pas même l'eau de la fontaine sacrée qui jaillissait au pied de la montagne. De temps en temps, Néèra lui passait derrière le cou du parfum venant d'une fiole que Talos lui avait apparemment offerte. Comment se l'était-il procurée ? Mystère. Il n'avait pas d'argent, il ne travaillait pas, il allait et venait sans qu'on sache ce qu'il faisait vraiment. Vivait-il de mendicité ? Ce Spartiate ne lui inspirait aucune confiance. Peut-être même qu'il l'avait volée, cette fiole !

Daméas jeta un coup d'œil sur Talos. Il ouvrait une grenade (volée, elle aussi ?) et en donnait la moitié à Néèra, en lui parlant à voix basse. Ne pas intervenir, sinon ils croiraient qu'il était jaloux à cause de la grenade. Ne pas montrer combien il lui était insupportable que le Spartiate discute sans cesse avec sa sœur : il avait déjà essayé de le lui faire comprendre et, pour toute réponse, l'autre l'avait regardé avec un détestable petit sourire ironique.

Le pire, c'est que ces deux-là ne communiquaient pas uniquement par la parole. Lorsque Talos jouait de la flûte et que Néèra l'accompagnait à la lyre, ça ressemblait à un dialogue. Ça le mettait en rage. Il n'était pas idiot, il voyait bien que sa sœur avait de l'admiration pour le Spartiate. Qu'est-ce qu'elle lui trouvait ? Il était plus vieux que lui, alors, évidemment, ça en imposait. Elle ne voyait pas qu'il n'était qu'un fier-à-bras !

Après tout, qu'est-ce que ça pouvait lui faire, l'opinion de Néèra ? Si, ça lui faisait. Il aurait voulu qu'elle soit fière de lui. Seulement, depuis que ce Spartiate était là, il n'existait plus.

En plus, ce Talos avait tout de suite accordé de l'attention à sa sœur, et beaucoup plus qu'à lui. Sale Spartiate !

Allons, il était en train de se ridiculiser. Il ne savait même pas s'il était jaloux de Talos, ou de Néèra. Ou des deux.

Il se concentra sur son dessin, un joueur d'aulos ajustant derrière sa tête les lanières de son instrument pour se préparer à accompagner les exercices d'assouplissements, à la palestre[1].

La palestre... Bientôt les concours athlétiques allaient s'ouvrir et il n'y serait pas !

Il ne fallait pas y penser.

Talos lui portait sur les nerfs et, pourtant, sa présence était plutôt rassurante. S'ils devaient se battre, ils seraient deux. Et même trois en comptant Néèra. Elle s'entraînait au javelot en cachette, si elle s'ima-

---

1. Gymnase.

ginait qu'il ne le savait pas ! Il jouait celui qui ne s'apercevait de rien pour ne pas être obligé de l'en empêcher. Vu la situation, il valait mieux qu'elle soit capable de se défendre.

Il reprit le vase sur lequel il avait appliqué de la peinture verte tout à l'heure, et constata qu'elle était sèche. Alors il trempa son pinceau dans le jaune pour peindre la troisième montagne, celle où il planterait le trident de Poséidon. Aussitôt, un air se mit à tourner dans sa tête.

> *Le troisième est monté*
> *Très haut dedans l'ciel,*
> *Et ce qui est r'tombé,*
> *C'est l'soleil.*

La chanson de Stéphanos. Elle lui était certainement venue à l'esprit à cause du mot « troisième ».

Son pinceau resta en suspens. Sur le bouclier du guerrier, cette troisième montagne était couleur de soleil ! C'est ainsi que son père lui avait appris à la peindre. Couleur de soleil...

Intrigué, il considéra successivement ses trois montagnes. Il cessa peu à peu de respirer. Le motif de gauche, qu'il avait toujours pris pour un croissant de lune.... Se pourrait-il que ce n'en soit pas un ? Que ce soit...

Bon sang ! *« Dans la forge du dieu qui a craché le*

feu, j'ai jeté trois cailloux. » La forge du dieu... bien sûr... Et les trois cailloux, ils étaient là ! Ce n'étaient pas des montagnes, qu'il dessinait, mais des îles ! Trois îles ! Et son père lui faisait toujours peindre la première en gris, la seconde en vert, la troisième en jaune !

« *Le premier très surpris est devenu tout gris, le deuxième s'est fait vert comme la mer.* »

Incroyable ! Une de ces îles était grise comme la lave du volcan, la seconde probablement couverte de végétation, quant à la troisième, elle avait la couleur du soleil, la couleur de l'or. Et si son père lui avait appris à planter au milieu le trident de Poséidon, dieu de la mer, c'était pour la désigner clairement !

Bon sang !

Et ces îles, il savait où elles se trouvaient !

Il bondit pour crier aux autres...

Il s'interrompit net. Cette découverte, il ne pouvait pas la dévoiler à Talos. Il ne devait pas. Le cœur battant, il se rassit et respira profondément. Il se sentait soudain fort, puissant, invincible. Le secret ! Il avait découvert le secret ! Il se voyait à Athènes, devant l'Ecclésia, l'assemblée de tous les citoyens. On lui posait la couronne de myrte sur la tête pour lui signifier qu'on lui donnait la parole et, là, il annonçait haut et fort qu'il connaissait l'emplacement du trésor perdu. Stupéfaction. On chuchoterait. Qui est ce jeune homme ? Bien sûr, il ne dirait pas tout. L'endroit exact, il ne le confierait qu'au grand stratège, Périclès, et aux dix hauts magistrats de la cité.

Il se retint pour ne pas éclater de rire. Ainsi, leur père avait partagé son secret entre eux trois ! Le nom de l'île à Néèra et sa poupée, sa localisation à Stéphanos avec sa chanson. Et à lui, il l'avait désignée par le trident. Il ne leur avait rien expliqué plus clairement, de crainte de les mettre en danger, mais il lui avait parlé de Gorgias, chez qui ils devaient fuir si quelque chose se passait, et où ils auraient appris la vérité. Et la femme de Gorgias les avait envoyés chez Samion...

Un malaise sournois commença à l'envahir. S'ils n'avaient pas trouvé Samion et découvert l'histoire du trésor, il n'aurait jamais rien su. Et il n'aurait jamais rien pu révéler. Ni à sa cité... ni à ses poursuivants.

Il se sentit de plus en plus mal. Cette scène devant l'Ecclésia, qu'il se représentait si bien, ne pouvait avoir lieu qu'après les prochains jeux pythiques. Après les prochains jeux pythiques ! Dans un an ! Il lui faudrait encore garder ce secret pendant un an !

Avec ces hommes qui les recherchaient !

Une sueur glacée lui coula dans le dos. Les conséquences de sa découverte lui apparaissaient peu à peu : tant qu'il ne savait rien, il ne pouvait rien révéler, mais maintenant... Si, par hasard, les hommes les retrouvaient, il n'aurait le choix qu'entre mourir et trahir sa cité.

Peu importe : il ne peut pas nier qu'il ne pourrait reprendre ... ici maintenant... Si j'insiste sur ce [...] la rencontre avec... Il affale le chien que je ... pour se vider sa dette.

22

Un reine sûr

Ils ... des ... près de la voiture qui ... ne se met ... ... généralement. En parcourant de grandes ... Heureusement de ... nous ... parlait en Italie en ... nous ... des ...

« Embrassez ... dites, ... debout ... Stephandie ! était sourd... ... ils ... maintenant terre-à-terre ... » ...

... Ils ... se rit bien à la table.

... ... complètent encore ... plaisant ... il ... en ... battre ... ... pas la grâce ... à ... la table ... voulut ... ... seraient été démontré vite que ... excellente ... ne re... ... aucun danger à ... ... se voit dit qu... que ce n'était pas que une Stéphanos ... fixait ... le ciel et avec de la ... et ... dans les

22

Un refuge sûr

Nééra leva la tête. Chrysilla grattait le sol avec nervosité. Des gens arrivaient. Beaucoup de gens... Heureusement, de simples paysans chargés de paniers à olives.

« Il faut s'en aller, bredouilla Stéphanos d'un air soudain affolé, ils vont nous retrouver, ils... »

Ses lèvres se mirent à trembler.

Nééra le considéra avec stupéfaction. Voilà des heures qu'il n'avait pas desserré les dents, et... Elle voulut le rassurer, lui démontrer que ces cueilleurs ne représentaient aucun danger, lorsqu'elle se rendit compte que ce n'était pas eux, que Stéphanos fixait, mais le ciel, et avec de la panique dans les yeux. Elle se leva vivement. Stéphanos *sentait* quelque chose. Ils ne devaient pas rester là. Ils devaient trouver un abri plus sûr, de toute urgence.

« On s'en va », souffla-t-elle en repliant les manteaux.

Daméas hésita un court instant puis, devant son air effrayé, il rangea ses pots sans faire de remarque. Talos, qui n'avait aucun bagage, souleva Stéphanos dans ses bras. Il n'y eut pas un mot, pas un signe de précipitation, rien dans leur attitude qui laissât supposer qu'ils fuyaient. Comme ils avaient changé en si peu de temps !

D'un pas tranquille – en opposition totale avec les sentiments qui les agitaient – ils remontèrent le cours de la petite rivière. De nouveau, l'anxiété les tenaillait. Devraient-ils fuir ainsi toute leur vie ?

Ils s'arrêtèrent au pied de la montagne des muses et considérèrent avec crainte la muraille de roche hérissée d'arêtes déchiquetées. On disait que c'était de là-haut qu'après sa condamnation à mort, on avait précipité Ésope dont tous connaissaient les fables.

Seul Talos ne paraissait nullement impressionné. Il étudiait la montagne et surtout les replats herbeux qui, çà et là, trouaient son flanc. Daméas tendit rapidement le doigt vers l'un d'eux en décrétant :

« Celui-ci. Il m'a l'air assez vaste et on peut l'atteindre par cette corniche. De là-haut, on verra tout. Et comme il n'y a qu'une seule voie d'accès, on ne risque pas de se laisser surprendre.

— Mais si on nous débusquait là, toute fuite serait impossible, observa Talos.

— On veillera, trancha Daméas. Il suffira d'organiser des tours de garde. »

Néèra avait remarqué que son frère parlait toujours vite et sèchement, comme s'il avait peur que Talos prenne les décisions à sa place. Il avait tort de rester ainsi sur le qui-vive, il gaspillait ses forces. Ils avaient tous leur rôle à jouer dans cette affaire, et Talos ne voulait rien lui prendre. Talos était plus âgé, plus fort, plus calme, mais cela n'enlevait rien au courage de Daméas.

Le plus difficile étant d'atteindre la corniche, ils firent passer Chrysilla devant. Un âne trouve toujours le chemin le plus court et le plus sûr. Il ne fallait pas regarder en bas. L'à-pic était vertigineux, l'air mouvant...

C'est avec soulagement qu'ils posèrent le pied sur le petit plateau d'herbe rase vers lequel l'ânesse les avait guidés. Attaché sur le dos de Talos, Stéphanos s'était apaisé.

Un instant, Néèra demeura sur le bord de la falaise, le cœur battant encore violemment de la peur qu'elle avait eue. D'un regard, elle embrassa le paysage, les rochers, les montagnes, le sanctuaire en bas, la mer d'oliviers qui dévalait vers la rivière encaissée. Talos aussi s'était arrêté pour fixer l'horizon, et elle sut qu'il pensait à sa cité, tout là-bas, au-delà du golfe, au-delà des montagnes. La tête de Stéphanos reposait sur son épaule. Elle la caressa doucement. Puis, lentement, elle dénoua les sangles qui le retenaient sur le dos du Spartiate.

« Il faut le coucher », dit-elle enfin en cherchant un endroit confortable pour y étendre son manteau.

Stéphanos était sans réaction, la sueur imprégnait sa tunique et sa bouche demeurait entrouverte. S'agenouillant auprès de lui, Néèra le souleva un peu pour lui donner à boire. Il était aussi rouge que la coupe que Daméas lui avait confectionnée, et qu'il avait rendue imperméable en mêlant à l'argile un peu de vermillon.

« Tu peux dormir », souffla-t-elle.

Stéphanos remua un instant les lèvres, comme s'il avait quelque chose de terrible à dire et que sa voix s'y refusait, puis il finit par chuchoter :

« Je vais pas être esclave, hein ?

— Mais non, quelle idée ! Tu vois bien que je ne t'ai pas laissé chez le médecin.

— Vous allez pas me vendre ? »

Néèra l'observa avec étonnement.

« Te vendre ? Mais tu es notre petit frère, Stéphanos ! Tu vas rester avec nous et personne ne pourra te faire de mal. »

Il sembla hésiter un moment, la fixant de ses grands yeux noirs, et, enfin, il souffla :

« Je suis un essposé ? »

Il y avait tant de souffrance dans ces mots, qu'elle en resta suffoquée. Il savait !

Finalement, ce n'était pas si surprenant. Le ver était dans le fruit depuis longtemps, depuis que Daméas l'avait dit au paysan. L'idée de Talos de leur raser la tête était sûrement pour quelque chose dans le réveil de ses angoisses, et l'épisode du médecin n'avait rien arrangé. Ils avaient vraiment joué de malchance !

Elle le contempla un moment, avec un malaise grandissant. Toutes ses dénégations n'avaient servi à rien, trouverait-elle aujourd'hui le ton qu'il fallait pour protester ? Si Stéphanos devinait son mensonge, ce serait pire que tout.

« Tu es un exposé, déclara-t-elle finalement, mais qu'est-ce que ça change ? »

Voilà. Elle l'avait dit. La vérité avait franchi ses lèvres. Stéphanos lui lança un regard indéchiffrable. Sans gémir, ni pleurer, ni même commenter sa réponse, il demanda :

« Où on m'a trouvé ? »

Soulagée par sa réaction, Néèra répondit sur un

ton qu'elle essayait de rendre gai et passionné, comme si elle racontait une histoire palpitante :

« Maman et moi, on montait au temple d'Athéna. C'était un matin de bonne heure. Et qu'est-ce qu'on aperçoit en passant sur l'Agora ? Une marmite de terre, et toi dedans. Athéna avait guidé nos pas.

— C'était... près de l'autel des douze dieux ? »

Néèra lui lança un regard stupéfait.

« Oui. Tu as deviné !

— Il... il y a d'autres gens qui le savent, où j'ai été essposé ?

— Personne. Personne ne sait même que tu l'as été.

— Personne, sauf mon vrai père.

— Euh... Oui, naturellement.

— Et si j'ai été enlevé par quelqu'un, mon vrai père ne peut pas savoir que j'ai été essposé.

— Eh bien... non, reconnut Néèra de plus en plus ahurie.

— Alors c'est lui qui m'a abandonné, souffla Stéphanos. C'est un méchant.

— Qui ? interrogea Néèra. De quoi parles-tu ?

— De mon père. C'est LUI qui m'a abandonné.

— Probablement, répondit Néèra sans comprendre, puisque ce sont les pères qui décident. Seulement nous, on t'a trouvé ! Quand je t'ai vu, je t'ai tout de suite voulu comme petit frère. Maman aussi, elle te voulait. Elle t'a pris dans ses bras et tu as fait un petit bruit avec ta bouche pour dire que tu étais content de venir avec nous. On t'a donné plein de baisers et on est vite rentrés à la maison. Après, maman a réfléchi. Si elle avouait qu'elle t'avait trouvé, elle était obligée de faire de toi un esclave.

— Parce que je suis pas un vrai citoyen d'Athènes, balbutia Stéphanos d'un air abattu.

— On n'en sait rien ! Peut-être que si ! Peut-être que tes vrais parents étaient tous les deux citoyens !... Alors maman s'est couchée dans son lit, elle t'a mis près d'elle, et on a annoncé qu'elle venait d'avoir un bébé. Ensuite, papa a accroché à la porte un rameau d'olivier pour signaler qu'il venait de lui naître un garçon et qu'il l'acceptait dans sa maison. Tu sais qu'une fois qu'il a accroché l'olivier, un père ne peut plus prétendre qu'un enfant n'est pas le sien. Depuis, tu es notre petit frère.

— Je suis votre petit frère...

— Et ça ne peut plus changer.

— Plus jamais ?

— Plus jamais. »

Stéphanos eut l'air immensément soulagé. Talos s'approcha et, s'accroupissant, lui tendit un objet en annonçant :

« Je l'ai faite pour toi. »

Les yeux de Stéphanos s'agrandirent de surprise.

L'écorce de grenade était devenue une drôle de petite grenouille.

« C'est la première grenouille que j'ai, dit-il, émerveillé, et c'est la plus jolie ! »

D'agacement, Daméas se mordit l'intérieur de la joue. Talos avait offert une grenouille à Stéphanos. Et lui qui, justement, préparait un cadeau à son intention ! Maintenant, il ne pouvait plus le donner, sinon il aurait l'air d'un pâle imitateur. Pourtant, c'était lui le frère de Stéphanos, non ?

Calme. Rester calme. Garder son cadeau de côté et c'était tout.

Faire comme s'il n'avait rien remarqué, reprendre sa peinture.

« Qu'est-ce que tu fais ? »

Daméas sursauta. Stéphanos était là. Stéphanos ? Encore pâlichon mais apparemment sans fièvre. Que s'était-il passé ?

« Tu es guéri ?

— Ben oui. Qu'est-ce que tu dessines ?

— Euh... Des athlètes en train d'ameublir le sol de la palestre avec une pioche. C'est pour le saut en longueur. Tu verras quand tu en feras...

— Moi, je ferai plutôt de la course en armes, comme Talos. »

Daméas ne répondit pas. Involontairement, il

avait tourné la tête pour chercher des yeux le Spartiate... L'étranger était agenouillé devant Néèra, en train de lui arranger artistiquement une cigale dans les cheveux !

« Laisse ma sœur tranquille ! » hurla Daméas en bondissant.

Il se jeta sur lui et lui envoya son poing dans la figure.

Talos ne mit qu'une fraction de seconde à réagir. Sautant sur ses pieds, il l'attrapa par le cou avec une force incroyable et le fit voltiger par terre. Daméas remarqua l'air atterré de Néèra. Si elle croyait qu'il allait se laisser abattre pour si peu ! Il se releva et fonça tête baissée dans l'estomac du Spartiate, qui accusa le coup.

C'est alors qu'ils entendirent un hurlement. Talos, qui venait de le saisir par l'épaule, desserra subitement son étreinte. Au bout de la corniche, il y avait deux hommes. L'un d'eux tenait Néèra devant lui. Sur son biceps énorme et gonflé luisaient trois serpents d'or.

23

Catastrophe

« Assez ri, maintenant », lança l'homme aux trois serpents.

Néèra tenta de glisser vers le bas pour se dégager, mais le bras qui la bloquait était aussi dur et immobile que celui d'une statue.

« Nous ne savons rien ! cria-t-elle avec plus de terreur qu'elle ne l'aurait voulu.

— Eh bien, tes frères vont très vite retrouver la mémoire, ou alors ils récupéreront ton corps lanière par lanière. »

Elle en eut la respiration coupée.

De l'autre côté du terre-plein, Stéphanos serrait ses mains contre sa poitrine d'un air terrifié, tandis que Daméas et Talos reprenaient péniblement leur souffle. Ils avaient relâché leur vigilance et s'étaient battus entre eux au lieu de faire front ensemble ! Le plus terrible, c'est qu'ils étaient hors d'état de s'opposer. Daméas avait la pommette ouverte, et la main de Talos saignait de nouveau abondamment à l'endroit où la longe de l'âne lui avait arraché la peau. De sa seule main valide, il saisit son javelot.

« Ça, je te le déconseille », ricana l'homme en sortant son poignard de sa ceinture pour l'appuyer sur la gorge de Néèra.

Alors Stéphanos se jeta sur l'homme qui emprisonnait sa sœur et le pétrit de coups de poing. Une mouche contre un taureau.

« Non, Stéphanos ! cria Néèra effrayée. Éloigne-toi ! »

Mais le deuxième homme l'avait déjà attrapé par le bras et projeté sur le côté.

Le chef eut un regard pour le petit bonhomme. Pas froid aux yeux, le môme. Digne de son père.

« Vous me dites simplement où se trouve le trésor de Délos et je vous laisse tranquille, reprit-il.

— Nous l'ignorons, souffla Néèra, les côtes broyées par son bras.

— Ah bon ? Pourquoi vous êtes-vous enfuis, alors ? Je sais que vous possédez un document que vous conservez dans une amphore.

— Lâchez ma sœur ! hurla Daméas.

— De toute façon, ce trésor ne vous appartient pas, poursuivit l'homme sans y prêter attention. Et, pour une cité, que vaut cet d'or ? Elle s'en est passé pendant quinze ans, elle continuera à s'en passer. Tandis que pour nous, c'est la fortune ! Vous me dites où se trouve l'île, et nous partageons. Vous pourrez acheter une maison à la campagne, des terres, faire construire un tombeau magnifique à vos parents...

— Nous ne savons rien ! » cria Daméas.

Nééra le fixa subitement. Sa voix avait sonné incroyablement faux. L'homme l'avait remarqué aussi. De son poignard, il fit le geste d'égorger sa prisonnière.

« Rassure-toi, siffla-t-il, je ne vais pas la tuer tout de suite. Je vais d'abord lui découper les joues, le nez, les oreilles et, pour finir, quand elle sera en morceaux, je la balancerai là. (Il s'approcha du ravin.) »

Stéphanos se mit à sangloter.

« Arrêtez ! lança alors Daméas. Je vais répondre ! Ne lui faites pas de mal ! »

Nééra lui jeta un regard affolé. Il ne fallait pas. S'il savait quelque chose, il devait se taire. Leurs parents étaient morts sans rien dire, il fallait qu'ils se montrent dignes d'eux !

Avant qu'elle puisse protester, Daméas avait plongé la main dans le panier. Il en sortit la petite amphore donnée par la pythie. Puis il cria :

« Le secret est là. Attrapez ! »

Daméas suivit des yeux l'objet. Son geste avait été ferme et précis, le jet d'un excellent lanceur. Son professeur aurait été fier de lui. La trajectoire de l'amphore passait au-dessus de l'homme, assez haut pour qu'il ne puisse pas l'attraper sans sauter.

Comme il l'avait prévu, l'agresseur lâcha sa prisonnière pour se détendre vers le haut. Néèra bondit aussitôt hors d'atteinte.

Hanias jeta vite un coup d'œil dans l'amphore. il en extirpa le papyrus et lut.

« Petits salopards ! » grinça-t-il en comprenant qu'il n'avait entre les mains qu'un des indéchiffrables oracles de la pythie.

La mâchoire contractée, il considéra un instant les trois jeunes gens réfugiés le dos à la montagne. L'aîné d'Alexos ne le lâchait pas de l'œil, prêt à tout, tandis que le Spartiate serrait la jeune fille dans ses bras comme s'il ne pouvait plus la lâcher. Détail à retenir : on ne devait jamais sous-estimer la force d'un attachement sentimental. De ce point de vue, cette Néèra paraissait avoir une grande valeur. Il n'aurait pas dû la laisser filer.

Rester calme. Il avait tout son temps. Finalement, il se félicitait d'avoir attendu, de ne pas s'être attaqué à eux du côté du gymnase. Il y avait là-bas trop de passage. Leur refuge actuel comportait beaucoup

plus d'avantages : une vraie souricière, d'une remar-
quable discrétion.

— Chef ! Regardez ce que j'ai !

Son compagnon tenait Stéphanos. Évidemment,
le gamin n'était pas aussi précieux pour les aînés. Un
exposé, même pas leur frère, mais c'était mieux que
rien. Hanias contempla le visage du gosse avec un
sourire railleur.

« Comme on se retrouve, hein ? Alors maintenant
que tu n'es plus malade, tu vas me dire où se trouve
l'île. Sinon, c'est simple, je te balance dans le trou.

— Je sais pas, bredouilla Stéphanos. Je sais pas.

— Après tout, c'est peut-être vrai, reconnut
Hanias, tu n'es qu'un môme, hein ? On ne se confie
pas à un môme. »

Stéphanos était certainement mortifié, pourtant il
ne dit rien de plus ; cela signifiait sans doute qu'il
ne savait réellement rien. Hanias sortit alors le collier d'amulettes de sa tunique et le balança au bout
de son doigt.

« Vous reconnaissez ça ? » demanda-t-il aux
autres.

Les jeunes gens semblaient sidérés.

« Ne me dites pas que Stéphanos ne vous a rien
raconté ! reprit-il.

— Tu es un sale menteur ! cria alors le gamin en
essayant de lui envoyer des coups de pied malgré les

bras qui le tenaient serré. J'ai pas été volé, c'est toi qui m'as essposé.

— Ah... bon ! fit Hanias. C'est seulement ça ! Je croyais que tu voulais dire que je n'étais pas ton père. Tu reconnais que je le suis !

— Je veux pas ! Je veux pas ! »

Les autres suivaient la scène d'un air ébahi. Le gamin ne leur avait-il vraiment parlé de rien ?... Honte de son père ? Peur qu'ils le lui abandonnent ?

« Ces amulettes, reprit-il en direction des aînés, je les ai mises au cou de mon fils voilà cinq ans, avant de le laisser dans une marmite en terre, à la garde des douze dieux... Cela vous rappelle quelque chose ? »

À en croire le visage des trois jeunes, cette affaire les touchait. Ils tenaient peut-être malgré tout au petit... C'était bon pour lui, ça. Très bon.

« Ça change les données du problème, hein ? poursuivit-il. Un enfant doit le respect à ses parents. Vous comprenez, maintenant, que le mieux est de partager le secret. C'est votre intérêt et le mien. Nous faisons tous une bonne affaire. Sans drame, sans violence.

— Sale type ! souffla Daméas. On ne lui doit rien. De toute façon, il ne peut rien prouver. Personne ne sait que Stéphanos a été exposé. Il est le fils d'Alexos, c'est tout.

198

« — Mais il est son père, dit Néèra d'une voix angoissée. On ne peut pas tuer son père.

— C'est lui ou nous ! lâcha Talos. Si on ne le tue pas, il nous tuera. »

À cet instant, l'homme lança :

« Et ne croyez pas que j'hésiterai une seconde à balancer le gamin dans le précipice. Je suis son père, j'ai tout pouvoir sur lui.

— Vous ne ferez pas ça ! s'exclama Daméas. Pas à votre fils !

— Ah non ? Et pourquoi donc ? Zeus lui-même a jeté son fils Héphaïstos dans le vide. (Il se tourna vers son compagnon.) Montre-leur. »

Aussitôt, l'autre saisit le petit par une jambe et le suspendit au-dessus du gouffre.

« Alors, cette île, où se trouve-t-elle ? Du côté de Rhodes ? De la Crête ? Égine, Cythère, Corfou ? »

L'homme qui tenait Stéphanos lui imprima un mouvement de balancier. Tétanisé par la peur, le gosse ne bougeait plus. La sueur commençait à ruisseler sur son corps.

« Ça va lâcher ! ricana l'homme en voyant les trois jeunes muets de terreur.

— Fais attention quand même, souffla Hanias, ne me l'abîme pas. »

Cloué sur place, Daméas fixait Stéphanos avec

affolement, comme s'il pouvait, de son regard, le retenir.

« Tu te décides ? cria le chef. Le gamin sue de trouille, sa peau glisse et je ne sais pas si on va pouvoir le tenir longtemps... »

Daméas n'arrivait plus à ordonner ses pensées. Le visage de son petit frère devenait cramoisi. Ô dieu Apollon, inspire-moi ! Dois-je trahir ma cité ?

Apollon... Le dieu n'avait pas voulu laisser partir le trésor de Délos, alors c'était à lui, pas à Daméas, de décider de son sort et de le protéger s'il le voulait.

« Dépêche-toi avant qu'il ne soit trop tard », lança Hanias.

Daméas serra les poings.

« Le trésor se trouve sur une île. (Il entendait à peine ce qu'il disait, tant ses oreilles sonnaient.) Il y a trois îles. Une grise, une verte... Les amphores contenant le trésor de Délos se trouvent sur la troisième.

— Ne lambine pas. Où sont ces îles ? »

Daméas eut un instant d'hésitation. L'endroit où le volcan avait craché le feu, ce feu qui venait de la forge souterraine d'Héphaïstos, était une île très connue. Autrefois ronde, elle arborait maintenant la forme caractéristique d'un croissant de lune. Les trois îles se trouvaient au cœur de sa baie. Il ragea une nouvelle fois de l'avoir compris trop tôt.

À cet instant, le petit prisonnier glissa encore un peu, si bien que l'homme ne le tint plus que par le pied. Affolée, Néèra voulut se précipiter. Talos la retint énergiquement en lui soufflant :

« Si tu le troubles, il peut lâcher sans même le vouloir. »

Et, comme elle éclatait en sanglots, il l'entoura de ses bras et la serra contre lui.

Tout en parlant, Daméas s'approcha lentement de l'homme, avec le vague espoir qu'il pourrait rattraper Stéphanos s'il arrivait malheur.

« … Elles se trouvent dans une baie qui s'est formée à la place d'un volcan englouti.

— La baie d'un ancien volcan ? Celui de Thira[1] ? »

À cet instant, le gosse poussa un cri. La main le lâchait. Aussitôt, Hanias tourna la tête, puis bondit en hurlant :

« T'es pas fou, non ! »

Il étendit vivement le bras et, d'un geste instinctif, balança dans le dos du gamin une violente bourrade qui dévia sa trajectoire et le renvoya sur la terre ferme. Stéphanos atterrit brutalement sur le ventre tandis qu'Hanias, déséquilibré, emporté par son élan et son poids, se retrouvait au-dessus du gouffre.

Il y eut un moment de stupeur. Les trois jeunes

---

1. Thira s'appelle aujourd'hui Santorin.

regardaient la scène sans arriver à saisir ce qui s'était passé. L'homme aux trois serpents battait des bras pour tenter de reprendre son équilibre, mais son corps était irrémédiablement attiré par le ravin. Dans un dernier effort, il essaya de s'agripper à la paroi... Tous se crispèrent.

Il n'y parvint pas. L'instant d'après, il avait disparu dans le gouffre. On entendit encore son cri de terreur et de rage qui se répercutait en écho sur les pans de la montagne, puis tout se tut.

Son compagnon réalisa enfin la situation et, se jetant sur Daméas, le saisit au cou.

Il n'eut pas le temps de serrer. Il tituba, ses jambes fléchirent... Le javelot de Talos venait de se planter dans son cœur. Il fit encore un pas et s'abattit sur le bord de la plate-forme, la tête dans le vide, comme pour prendre une dernière fois les ordres de son chef qui gisait en bas.

24

L'obole

« Il est mort, constata froidement Talos. Après une chute pareille, rien d'étonnant. »

Ils se trouvaient au pied de la montagne, près de la fontaine, et l'homme aux trois serpents, la bouche ouverte, contemplait le ciel d'un regard fixe et vide.

« C'est fini, ajouta Daméas. Ils étaient cinq, il n'en reste plus. Je n'arrive pas à y croire.

— Nous sommes sauvés, souffla Néèra.

— Nous sommes sauvés ! » répéta Daméas d'un ton de victoire.

Puis il se reprit et jeta au Spartiate un regard plein de défiance. Objectivement, celui-ci aurait été en droit d'exiger une partie du trésor. S'ils étaient encore en vie, c'était en grande partie grâce à lui. D'ailleurs, il semblait pensif.

Non, il ne dit rien. Il s'accroupit près du mort et détacha de son bras les serpents d'or. Il allait les récupérer, c'était justice. Pourtant, au lieu de les glisser dans sa chlamyde, le Spartiate se releva et les tendit à Stéphanos en déclarant :

« Ils t'appartiennent de droit. »

Le petit, tout crispé, fixait les bracelets d'or comme s'ils allaient le brûler. Pauvre gosse ! Daméas crut bon d'intervenir. Il les prendrait pour les lui rendre plus tard, quand ces scènes affreuses se seraient estompées dans sa mémoire. Il se pencha vers Stéphanos.

« Tu veux que je te les garde ? »

La tête toujours baissée, le gamin ne répondit pas. Il ne semblait même pas avoir entendu. Enfin, il posa son regard sur son frère, puis sur Néèra, puis de nouveau sur les bracelets. Et, soudain, il s'en saisit et les jeta rageusement dans la fontaine.

Comme les trois autres le considéraient sans un mot, il sembla regretter sa violence et expliqua plus posément :

« Je les offre au dieu Apollon.

— Tu as raison, approuva Talos.

— Pour remplacer, intervint alors Daméas, j'ai quelque chose pour toi. »

Il fouilla dans un pot à onguents et en sortit deux figurines de la taille d'une main. L'une représentait une femme qui filait la laine, l'autre un peintre barbu qui décorait un pot.

Stéphanos observa les figurines. Son père et sa mère ! Il leva la tête vers Daméas, et son visage s'éclaira d'un sourire. Ses yeux brillaient. Il était en train de penser que papa et maman, il les mettrait sur la table de la salle, avec le garçon qui court sur le stade, la fille qui joue au cerceau, et le petit qui caresse la belette.

Les curieux commençaient à affluer. Ils examinaient le mort, s'interrogeaient pour savoir qui le connaissait, levaient les yeux vers la montagne pour évaluer d'où il avait pu tomber. Les quatre jeunes s'écartèrent pour laisser la place.

« Nos chemins se séparent ici, dit alors Talos.

— Que vas-tu faire ? demanda Daméas.

— Regagner ma cité. J'ai rempli mes obligations, j'ai tué mon hilote.

— Quel hilote ? fit Daméas en ouvrant des yeux ronds.

— Tu n'as pas remarqué que l'homme qui est resté là-haut, le cœur percé par mon javelot, portait une balafre sur le front ? C'était lui. C'était mon hilote. Il s'était mis au service de ce bandit, tant pis pour lui, tant mieux pour moi. »

Néèra lui lança un regard interloqué. Elle avait vu l'homme de près et aurait juré qu'il ne portait aucune cicatrice.

« C'est vrai », confirma-t-elle pourtant.

Talos lui adressa un sourire complice.

Elle savait parfaitement qu'il lui faisait là un cadeau, que c'était à cause d'elle qu'il renonçait à poursuivre un véritable hilote. Il avait déjà tué deux hommes pour eux, et autrement plus dangereux qu'un esclave désarmé.

« Nous te devons beaucoup, articula-t-elle avec émotion. Nous... ne t'oublierons jamais. »

Elle tenta de se ressaisir pour ne pas éclater en sanglots.

« N'est-ce pas, Daméas ? » finit-elle très vite.

Le garçon hésita un instant.

« Les Spartiates sont nos ennemis, déclara-t-il finalement, mais je te remercie pour ce que tu as fait. C'est grâce à toi que nous sommes en vie. C'est grâce à toi que nous avons pu garder le secret d'Alexos. »

Néèra devinait combien cet aveu lui coûtait, et lui en fut reconnaissante. Talos eut un petit sourire en coin.

« C'est plutôt grâce à Apollon », rectifia-t-il.

Il faillit ajouter « et à Néèra ». Si elle n'avait pas été là, il les aurait plantés là depuis longtemps. Il aurait peut-être même mis son rasoir sur le cou de Daméas pour lui faire avouer son secret. Maintenant, il ne pourrait plus savoir où se trouvait le trésor de Délos. Il avait l'impression que, dans la scène avec l'homme aux serpents, Daméas l'avait révélé, seulement il n'avait rien entendu parce qu'à cet instant, il serrait Néèra dans ses bras, et que ses oreilles bourdonnaient.

Il avait toutefois un peu de mal à regretter sa distraction. D'abord parce qu'il n'aurait, pour rien au monde, changé quoi que ce soit à cet instant, ensuite parce que, s'il avait su le secret, il aurait été obligé de le révéler à sa cité. Et de trahir Néèra.

« Je me reconnais une dette envers toi, reprit courageusement Daméas, et je ne l'oublierai jamais. Si un jour tu as besoin de moi, je serai là. Tu es même en droit de prendre ma vie. »

Le regard filtrant entre ses paupières, Talos le considéra d'un air énigmatique.

« Je ne te demanderai pas ta vie », déclara-t-il enfin.

Il sembla vouloir ajouter quelque chose, mais y renonça.

« Que va-t-il se passer pour vous, maintenant ? ajouta-t-il.

— Nous allons pouvoir nous recueillir sur la tombe de nos parents, répondit Daméas, et remplir nos devoirs vis-à-vis d'eux. »

Il baissa la tête et serra la main de Stéphanos qui se glissait dans la sienne.

— Notre cité ne nous laissera pas seuls, rassura Néèra, elle veille sur ceux qui n'ont plus d'appuis. Et puis, notre déesse Athéna nous protège. Nous sommes ses enfants. »

Elle songea que Daméas serait le maître de l'atelier et que, elle, s'occuperait de la maison. Elle savait le faire, sa mère le lui avait appris. De même qu'elle lui avait appris à filer, à écrire, à lire, à chanter...

« Nous avons aussi des esclaves, précisa-t-elle, et nous pouvons compter sur leur aide. »

De peur d'avoir l'air de donner des leçons, elle se retint d'observer que les esclaves n'étaient pas leurs ennemis et qu'ils attendaient certainement leur retour en priant les dieux pour eux. D'ailleurs, elle était sûre que Talos avait déjà compris.

« Tant mieux, dit-il enfin avec un fin sourire, ça me rassure de vous savoir en sécurité. (Il disait "vous", mais ne regardait qu'elle.) Je dois m'en aller, maintenant. »

Il recula lentement, fit un geste du bras pour saluer, et tourna d'un coup les talons. Il partait, c'était ainsi. Malgré tout, il ne put s'empêcher de se retourner.

« On se reverra, lança-t-il. Aux jeux pythiques ou ailleurs ! Ne m'oublie pas ! »

Il regarda le ciel, huma l'air vers le couchant et partit à grands pas.

Nééra détourna la tête. Elle avait très bien entendu qu'il avait dit « oublie », et pas « oubliez ». Ça s'adressait à elle. Les larmes avaient empli ses yeux et elle ne voulait pas que ses frères les voient. Elle avait l'impression que son cœur allait éclater.

Les jeux pythiques auraient lieu dans moins d'un an. Elle y accompagnerait Daméas, car les filles avaient le droit d'y assister. Les filles, pas les femmes mariées. Mais elle n'aurait que douze ans, elle ne serait pas mariée.

Elle songea que ce serait à son frère, le nouveau chef de famille, de choisir son époux et que, pour cela, il devrait être majeur. Dix-huit ans. Quand Daméas aurait dix-huit ans, elle en aurait seize...

Elle tenta de respirer. Elle se rappelait chaque parole de Talos, et surtout...

Elle ne devait pas se faire d'idées folles. Quand elle aurait l'âge de se marier, Talos l'aurait sans doute oubliée. À Sparte, les filles étaient plus intéressantes, plus sportives, plus belles, plus libres, et plus proches des garçons.

Pourtant, si, un jour...

Quand elle aurait seize ans, Talos en aurait vingt-deux. Ô Apollon, ô Athéna, protégez-le !

Elle regarda le jeune homme disparaître derrière la montagne. Au dernier moment, il avait levé la main pour les saluer une dernière fois, sans se retourner.

Elle serra ses bras contre son corps et son coude buta sur un objet dur. La flûte de Talos, dans sa ceinture ! Quand l'avait-il glissée là ? Elle la caressa doucement, la gorge serrée.

« Bien, déclara Daméas, on peut prendre le chemin du retour. Tu veux monter sur le dos de Chrysilla, Stéphanos ? »

Mais Stéphanos paraissait préoccupé. La tête appuyée au flanc de l'ânesse, il observait les mouvements autour de l'homme étendu là-bas. Un long moment, il demeura muet puis, subitement, il se redressa et dit d'un air sérieux :

« Attendez-moi, je reviens. »

Et il se glissa comme une anguille au milieu de la foule.

Arrivé auprès du mort, il contempla un instant son visage, le collier d'amulettes qui dépassait légèrement de sa tunique, la marque des serpents imprimée sur son bras. Il serra une dernière fois dans sa main l'obole qu'il avait gagnée à

Corinthe, se baissa et la lui glissa dans la bouche.

Puis il se releva et retraversa la foule. Et tandis que les spectateurs, étonnés, le suivaient des yeux, il rejoignit Daméas et Néèra et leur prit la main en déclarant :

« On rentre à la maison. »

25

Épilogue

Je m'appelle Stéphanos, fils d'Alexos, du dème du Céramique, et j'ai dix ans. Je suis le frère de Daméas, le plus célèbre maître potier de la cité des Athéniens et de Nééra, la meilleure des joueuses de lyre. Elle vient d'avoir seize ans.

Quand je repense à l'année de mes cinq ans, j'ai comme une grande douleur au fond de moi. Souvent, je fais un cauchemar où je tombe dans un précipice terrifiant. Heureusement, je me réveille toujours avant de m'écraser en bas. Sauf que le pire n'est pas de s'écraser, c'est de voir que ça va arriver.

Après ça, mon cœur bat atrocement, et je n'arrive pas à me rendormir.

Un de mes grands regrets est de n'avoir pas assisté à la séance de l'Écclésia, le jour de la révélation du secret. Daméas y est allé seul. Je n'ai pas eu le droit de l'accompagner parce que j'étais trop jeune, ni Néèra parce que c'est une fille. J'aurais voulu voir ça. Tous les citoyens étaient présents, ce qui est rare. Maintenant, le nom d'Alexos est connu partout, et celui de Daméas, et le mien aussi. Stéphanos. Stéphanos, fils d'Alexos, du dème du Céramique.

Talos a gagné les jeux pythiques à la flûte, et on était tous là, avec lui. Après, on l'a revu à Olympie. Il n'y a pas de concours de musique et de poésie aux jeux olympiques, mais il a été vainqueur de la course en armes. Talos est très fort. Je l'aime beaucoup et je suis fier de le connaître.

On ne pensait pas le retrouver avant les prochains jeux pythiques, aussi, hier, quand je l'ai vu arriver au bout de notre rue, j'en suis resté tout bête. Il a dit qu'il venait pour que Daméas lui rembourse sa dette.

J'ai eu peur qu'il nous demande de donner l'atelier de poterie, parce qu'on ne pourrait pas refuser. Seulement, au lieu d'aller voir Daméas, il est entré dans la maison.

Néèra s'est levée vivement et j'ai vu sur son visage cette sorte d'angoisse que j'y surprends si souvent depuis que nous avons quitté le mont Parnasse. Un long moment, ils sont restés face à face, à se regarder sans rien dire. Et puis Talos lui a saisi la main, il l'a soulevée, et il a posé ses lèvres dans sa paume. Sur le visage de Néèra, il n'y avait plus la moindre angoisse. Elle paraissait rayonner, je ne l'avais jamais vue si belle. Sa main a glissé sur la joue du Spartiate comme en une longue caresse, et s'est accrochée doucement à son cou. Leurs visages se sont rapprochés.

Alors je suis sorti et je suis allé sans me presser jusqu'à l'atelier, pour prévenir Daméas de l'arrivée du visiteur.

Talos n'a pas réclamé l'atelier, ni la maison, et j'aurais dû m'en douter. Lorsqu'il avait répondu à Daméas, sur les pentes du mont Parnasse : « Je ne te demanderai pas ta vie », j'avais bien senti qu'il y avait quelque chose derrière. Néèra aussi, d'ailleurs, parce que, à ce moment-là, elle avait cessé de respirer.

Nous avions raison. Talos a annoncé à Daméas que, plutôt que sa vie, il lui demandait sa sœur. Là, j'ai bien cru que Néèra allait s'évanouir. Talos l'a prise par la taille, et elle a agrippé la main à son épaule. Et j'ai vu qu'ils ne pouvaient pas vivre l'un sans l'autre. Tant mieux, parce que je les trouve très beaux, ensemble.

Je suis parti raconter tout ça à papa et maman. Sur

leur tombe, il y a l'amphore de la pythie, qu'on a déposée en offrande. Je n'ai pas pu m'empêcher de coller le goulot à mon oreille pour écouter son murmure, et elle m'a chuchoté : « Ce que vous savez appartient à Apollon et à Céramos. » La clé du secret. Et ensuite, j'ai entendu le rire de papa, et les chuchotements de maman. Alors, j'ai dit à Chrysilla de ne pas s'inquiéter, que tout allait bien.

> *Dans la forge du dieu*
> *Qui a craché le feu,*
> *J'ai jeté trois cailloux,*
> *Voyez-vous...*

ÉVELYNE BRISOU-PELLEN

Évelyne Brisou-Pellen a passé toute sa petite enfance au Maroc. Aujourd'hui, elle vit en Bretagne – région dont elle est originaire – avec sa famille. Après des études de lettres, elle se destinait à l'enseignement lorsqu'elle se découvrit une passion pour l'écriture... Passion qui ne s'est jamais démentie et à laquelle elle se consacre maintenant à plein temps. Elle aime explorer, avec ses romans, des terriroires chaque fois différents. Cet auteur très apprécié des adolescents ne manque jamais d'aller rencontrer ses lecteurs dans les classes pour leur parler de ses romans. Évelyne Brisou-Pellen écrit énormément pour la jeunesse et est également publiée chez Rageot, Gallimard, Nathan, Milan, Pére Castor, Bayard, Casterman, Bordas, Pocket, Averbode.

TABLE

Si vous avez aimé ce livre, vous aimerez aussi dans la collection Le Livre de Poche Jeunesse :

La case de l'oncle Tom
Harriet Beecher-Stowe
Traduit de l'américain par Louis Enault.
Un véritable réquisitoire contre l'esclavage, écrit dix ans avant la guerre de Sécession. Les plus grand « best-seller » de la littérature américaine.
10 ans et +
N°1103

Les Cinq Écus de Bretagne
Évelyne Brisou-Pellen
Rennes, à la fin du XVᵉ siècle. Gullemette doit se réfugier chez son grand-père. Or, celui-ci se comporte bizarrement ; il veut absolument qu'elle change de nom...
10 ans et +
N°453

Deux graines de cacao
Évelyne Brisou-Pellen
Bretagne, 1819, Julien s'embarque sur un navire marchand à la recherche de son histoire car il vient de découvrir qu'il a été adopté. Or, le bateau dissimule un commerce d'esclaves, illégal depuis peu.
10 ans et +
N°748

Les derniers jours de Pompéi
Edward Bulwer-Lytton
La tragédie, en 79 après J.-C.,. de l'éruption du Vésuve, raconté avec une formidable proximité.
12 ans et +
N°1102

Les lions de César

Jean-Luc Déjean

Trois joyeux centurions de la Xe légion de César n'aspirent plus qu'à quitter l'armée et prendre une paisible retraite. Mais le repos n'est pas pour tout de suite : pièges, trahisons et brigands les guettent au détour des chemins...

10 ans et +

N°532

Le Roman du Masque de fer

D'après Alexandre Dumas

Louis XIV a-t-il eu un frère jumeau tenu prisonnier 36 ans sous un masque de fer ? Entre l'Histoire et la légende, le prisonnier masqué a pris de multiples visages.

12 ans et +

N°1137

Complot à Versailles

Annie Jay

À la Cour de Versailles, Pauline et Cécile sont plongées dans le tourbillon des manigances de la Montespan favorite délaissée par Louis XIV.

10 ans et +

N°478

L'ignoble Paneb

Viviane Koenig

Quoi de plus passionnant que de peindre à la gloire du pharaon ? Menna a rejoint l'équipe des artisans, mais il faut compter avec Paneb, l'ouvrier bagarreur.

11 ans et +

N°660

Le faucon déniché

Jean-Côme Noguès

Pour garder le faucon qu'il a recueilli. Martin, fils de bûcheron, tient tête au seigneur du château. Car à cette époque, l'oiseau de chasse est un privilège interdit aux manants.

11 ans et +

N°60

La guerre du feu
J.-H. Rosny Aîné
Il y a cent mille ans, le grand combat, de l'homme pour la conquête du feu. Un très grand classique.
11 ans et +
N°329

Mon ami Frédéric
Hans Péter Richter
Traduit de rallemand par Christiane Prélet
Avant la guerre, deux Allemands sont inséparables. Mais l'un est Juif et Hitler est résolu à tous les éliminer, Comment l'amitié peut-elle affronter une telle menace ?
11 ans et +
N°8

Les pilleurs de sarcophages
Odile Weulersse
Pour sauver son pays. Tetiki l'égyptien doit mettre un trésor à l'abri des voleurs. Avec l'aide d'un nain danseur et d'un singe redoutablement malin, il défie les espions, le désert et la mort.
11 ans et +
N°191

Composition Jouve - 53100 Mayenne
N° 307575s
Achevé d'imprimer en Italie par Rotolito Lombarda
32.10.2435.9/07 - ISBN : 978-2-01-322435-2
Loi n° 49-956 du juillet 1949 sur les publications destinées à la jeunesse
Dépot légal : septembre 2012